岭南创作文丛

竹影横斜

祝德纯 著

暨南大學出版社
JINAN UNIVERSITY PRESS

中国·广州

图书在版编目（CIP）数据

竹影横斜 / 祝德纯著. —广州：暨南大学出版社，2015.9
（岭南创作文丛）
ISBN 978-7-5668-1527-9

Ⅰ.①竹… Ⅱ.①祝… Ⅲ.①诗集—中国—当代②随笔—作品集—中国—当代 Ⅳ.①I217.2

中国版本图书馆 CIP 数据核字（2015）第 153867 号

……………………………………………………………………………………

竹影横斜
著　　者　祝德纯

出 版 人　徐义雄
策划编辑　杜小陆　刘　晶　潘江曼
责任编辑　龙　欣
责任校对　李林达
责任印制　汤慧君　周一丹
出版发行　暨南大学出版社（广州暨南大学　邮编：510630）
网　　址　http://www.jnupress.com　http://press.jnu.edu.cn
电　　话　总编室（8620）85221601
　　　　　营销部（8620）85225284　85228291　85228292（邮购）
排　　版　广州良弓广告有限公司
印　　刷　佛山市浩文彩色印刷有限公司
开　　本　850mm×1168mm　1/32
印　　张　7
字　　数　152 千
版　　次　2015 年 9 月第 1 版
印　　次　2015 年 9 月第 1 次
定　　价　29.80 元

总 序

学者的文学情结

很多人在生命的早年，甚至是孩提时代，被文学的神奇世界所吸引，都曾做过作家梦。后来因为这样那样的原因，大都选择了别的行当来延续自己的人生轨迹，真正能成为作家的只有少数。在大学中文系从事教学与研究的学者，多数属于曾有过文学梦想但没有全身心投入文学创作的一群人。出于兴趣或者生计的考虑，他们选择踏入学术的漫漫征途。他们先是经过了多年的历练与磨砺，掌握了较为系统的专业知识，练就了渐趋成熟的理论思维，但形象思维和艺术创造能力也相应受到了某种打压和遮蔽；后来，他们著书立说，主要是从学理的角度，将自我对文学的独特思考和深刻认识系统而缜密地阐发出来，为人们更准确地理解古今中外的小说、诗歌、散文、戏剧等提供一定的指导和帮助。尽管理论的思考与实践时常压抑着创作的冲动，但这些学者内心深处藏有的文学情结是始终不会泯灭的。这文学情结平素里常常蛰伏着、潜隐着，很难见其峥嵘，一旦遇到情感潮汐的冲刷，它们就将如春草一般破土而出，向世人展示其翠绿的生命和强盛的力量。这次“岭南创作文丛”推出的几位学者的文学作品集，便是他们心中沉埋的深挚文学情结的集中显形，是他们学术研究之外弥足珍贵的创作收获。

其实，中文系学者同时也是创作能手，也能写一手好文章，这在新文化运动以来的中国现代史上并非新鲜之事。鲁迅、周作人、朱自清、徐志摩、闻一多、沈从文、钱钟书、卞之琳、冯至、穆旦等，这些曾在高校讲台上传道授业的学者，哪一个又不是文学创作上的佼佼者呢？只是到了新的历史语境下，由于学术体制的日益强化和学者自身文学技能的欠缺，能在研究与创作上二者兼擅的人渐已寥若晨星，这不能不说是当今时代某种人文缺失在中文系里的生动体现。略感欣慰的是，在位于祖国大陆最南端、粤西大地的岭南师范学院，有赵金钟、谢应明、殷鉴、祝德纯、红筱、史习斌、张德明等一批学者，在学术研究之余，还能以文学之笔法，述眼中之观摩，抒心中之情绪，从而构成散文、诗歌、散文诗的文本形式，用以记录自我独特的生命体验和生存履历。这批学者的文学创作，有文字的俊秀之妙美，有情感的深切之魅惑，有思想的深隽之特长，他们作品的集中展示，使“新岭南作家群”这样一个具有某种文学史意味的命名，得到了较为具体和切实的确证。

作为现代文学专业的教授，赵金钟在胡风研究、冯友兰家族文化研究和新诗研究等方面可谓成果丰硕，在学术界有一定的知名度和影响力。《流彩的石头》是其从教近三十年来所创作的诗歌与散文的合集，两种文体他都能熟练驾驭，并写出了各自的特色和韵味。他的诗歌有情感的热度，也有修辞的新奇，更传递着对自然和生活的浓烈之爱。赵金钟的散文是对自己生命行旅的及时记录，举凡生活之点滴、旅途之见闻、观景之心得、读书之会意，都被他捕捉出来，转换为文字的演绎，白纸黑字之中，刻印下曾经的生命痕迹。从艺术层面上说，赵金钟的散文语言朴实且情感真挚，述事虽多用简笔但能让人如睹现场，写景只寥寥几笔就能将动人之画面推置到人面前，抒情虽用语不多但情绪饱满，撩人心襟，具有值得肯定的审美个性。

祝德纯的《竹影横斜》和史习斌的《隔岸的灯火》都是散文集。祝德纯以散文研究见长，她的学术著作《散文创作与鉴赏》2002 年在中国社会科学出版社出版，不久便获得了湛江市文艺精品奖一等奖，足见其散文研究的成绩是为人所认同的。祝德纯的散文以短章为主，篇幅虽短小，语意却绵长，话语尽管不多，但字句之中不失女性的细腻，数语之下能察见述物之精髓。祝德纯的散文笔力老到，情绪内敛，需细细品味才能识得其妙处，获得其真髓。此外，这本集子中收录的几篇旧体诗词，可以看作是祝德纯从特别的角度来抒发情志、感喟人生的文学文本，从中可以窥见作者心中存有的文人志趣和古雅情怀。史习斌对新月派的研究很深入，他的散文集《隔岸的灯火》也在一定程度上体现了新月派的绅士风情。作为从大山里走出来的农民的儿子，史习斌始终不忘那片大山、那块土地，在他的散文中，时常有对那片大山、那块土地、那群质朴憨厚的农民的描述与吟赞。作为高校老师，史习斌也对自己的本职工作有所沉思和表达。史习斌的文学视野是开阔的，散文题材也很丰富，除上述内容外，还有不少聚焦于亲情、爱情、友情的情感类散文作品，他异常看重亲人和朋友在他心目中的位置，也希望用文学的空间来承载这有限人生中的无限深情。同时，他对现代化进程中的城乡对立和文化对抗情态有着深度的审视，并在不少文本中进行了艺术的阐发。此外，他还有部分篇章是对某些纯粹审美问题的探讨与追问，富有一定的思辨性。总体来看，史习斌的散文已形成自己独特的叙述语式和结构特色，在风格上是趋于稳定和成熟的。

红筱和谢应明多年来从事散文诗教学与研究工作，他们对散文诗的理解颇有心得，在散文诗创作上也实力不俗，这次推出的《筱露斜阳》《雨夜·月夜》便是他们个人的散文诗集。他们的散文诗写作各具特点，一者以抒情性见长，一者以故事性取胜，展示了两种不同的文学笔法。红筱的散文诗借助这种独特的艺术形式，抒发了对自然和人生的挚爱之情。她的散文诗，常常富于奇幻的想象，抒情性较为鲜明。谢应明的散文诗往往流溢着真情，这种情感是正面的、积极的、向上的，充满乐观的情调和昂扬的气度。他的散文诗让人很少看到阴霾，很少看到愁云，也很少看到唏嘘感叹，大多是微笑着的字句、暖人心怀的言语、催人奋进的情感。同时，谢应明的散文诗善于描写令人回味的人生片段，从而让文字散发出“故事”的趣味来。

殷鉴在大学从事新诗的教学与研究多年，出版过好几本大部头的诗歌研究专著，在诗歌研究界反响强烈。在教学之余，他常会诗性大发，并诉之以文。这次推出的《一些神奇的字迹》，便是他这些年来创作的诗歌的集合。殷鉴的诗以小诗、短诗为主，可见他对“繁星体”小诗心领神会，颇有研究，并能用自己的文学实践将那种有关小诗的心得和领悟落实到文本之中。他的小诗虽三五行即为一篇，但往往具有情景性和画面感，也能营造出某种意境来，并显出诗人机智和风趣的生活情味。同时，殷鉴的一些讽刺诗，涉及对政治、军事、文化、历史、现实等方面的思考与反映，不失精彩和动人之处。

《行云流水为哪般》是张德明的第一部诗集，有不少曾在《星星》《绿风》《诗潮》《延河》等刊物上发表。诗评家写诗是近些年来较为突出的现象，其意义也颇为特别，著名诗人安琪曾指出：“批评家向来以理论见长，职业训练造就出的发达的逻辑思维如果再辅之以诗歌的形象思维，可谓相得益彰。写诗的批评家进入诗歌文本往往更能一步到位已是批评界的共识，而诗人们对会写好诗的批评家自然也有着天然的亲近和信任。”这是较有道理的，也可看作是对张德明在诗歌研究之外还能从事诗歌创作的某种肯定。

在当今商业化的语境下，文学的地位已日益边缘化，能坚守文学创作的人们是可敬的，学者的文学创作尤其难能可贵。正是因为这个原因，我们推出了这套“岭南创作文丛”，希望用这样的行动来弘扬中文系的优良传统，同时向伟大的文学致以深深的敬意。

最后还要感谢罗海鸥院长、刘周堂副院长和熊家良教授，他们为这套丛书的出版付出了很多心血，给予了极大的支持和帮助。没有他们的关爱与帮助，这套丛书的出版不可能如此顺利！

张德明

2015 年 5 月 23 日于南方诗歌研究中心

目　录

第三辑　竹影横斜

第四辑　闲庭信步

第一辑　天光云影

一、京城访学

古老与时尚

从北京西客站出来，坐在的士里，一路和风相送，艳阳相迎，38 小时的旅途疲劳，一下子烟消云散了，只觉得好清爽，好惬意！车行并非风驰电掣，却也如乘奔御风。走过长安街、建国门大街，直奔东四环，时而扬上高架桥顶层，时而直奔立交桥底部，腾云驾雾一般。车窗两边，天安门、大会堂、博物馆、交通部大楼……扑面而来，又疾驰而过。相违十多年，宛如隔世。楼高了，路宽了，景美了，更气派了。不变的是北京的气氛，典雅、庄重、和谐，那是中华民族的形与神。

下午两点，在中国社科院研究生院的小报告厅听了社科院当代文学研究所孟繁华教授的一番精彩言论，谈“传媒与文化的时尚化”，话题时尚，谈锋时尚，形式也时尚，真让人耳目一新。从“媒体霸权主义”“审美普泛化”到“文化时尚化忧患思考”，在轻松、诙谐、幽默中暗示了许多沉重的话题：文学时尚化批判、传媒霸权、传媒世俗化、平面传媒、影像传媒、与网络传媒的互构与冲击、发展与走向等，侃侃而谈，旁征博引，东西勾连，古今融合，真可谓大家。

2003 年 4 月 7 日

学人、学府，京味十足

中国社会科学院，十五层大楼，沉稳地矗立在最宽阔的建国门内大街旁边，直让人望而生畏惧之意，望而生景仰之心。这是集科研、教学于一体的中国社科界最神圣的学术殿堂。

七楼，中国文学研究所之所在。泱泱大庠，“庭院”深深。曲曲折折，五十多块门牌，让你难以不晕头转向。各学科办公室、教室，宽敞气派，设施现代。典藏室、资料室、图书室，书香满屋，是摸得着的高山，是看得见的大海。成果展室里，直令人高山仰止。而与大师们的交谈，更让你真真切切地感觉到这里是一片汪洋，是学问的汪洋、思想的汪洋！追师问祖，溯源寻流，你只有瞠目结舌的份。半个多世纪以来，这里涛翻浪卷，峰峦迭起，郑振铎、何其芳……一代又一代学界泰斗在这里演绎壮美人生，一拨又一拨精英、学子在这里开山筑路、破浪启航……

当《文学评论》《文学遗产》等编辑部招牌赫然在目，并身处其中时，往日那种不可企及、只可神追的虚幻感、遥远感悄然远去。抚摸着刚出版的《文学评论》《文学遗产》，只觉得好亲切，好清香！

真庆幸自己能有机会踏进这座高楼，见证这里的一切。虽然遗憾自己早出生了十年、二十年，但我还是庆幸！虽然我无法在这短短三个月的访学时间内追踪什么，成就什么，但我至少能真切地感受学术、学问，走近大师，走近权威，做一次近距离的观照。爬到这学术殿堂的顶层往远处看、往下面看，与站在底层往高处看的感觉是完全不一样的。

如约在当代文学室见到了杨匡汉先生。杨先生精力充沛，神思敏锐，只是没有多少闲谈。虽不至于让人拘谨，却也叫人不敢放肆。他见面就送了我几本书，有他自己的，也有别人的。还给了我一些有关的研究资料。杨先生在当代文学界名气很大，是著名学者，著述颇丰；是社科院的博士生导师，又是当代文学所的掌门人，是个非常活跃的文学、文化事业活动家。他讲学时，则判若两人。口若悬河，谈锋锐利，既有广博学识，又是前沿先锋，一派引领学术潮流的大家气象。

下午，去了鼓楼西大街的中国社会科学出版社。有人说，在北京城里随便转一转，遇着的都是“国”字号、“中华”牌，确实是名不虚传。在这古老的鼓楼后面，在这深深的小巷子里，就藏着一个一流的精神产品制造厂。我是特意去拜访我的责任编辑李尔柔老师的，我们在她的办公室里见面。李老师正当壮年，是一位典型的京城女性，有着北方女子高大的身材，让我这样的南方“小女子”自惭形秽。她有京城女性特有的豪放，性格爽朗大方，一切都写在友善的脸上。见面就问：“住哪儿？”“吃过没有？”很是关切，然后就聊书、聊出版、聊儿子……聊得很投机。谈吐之间，儒雅得体，很有磁力。知识女性特有的那种气质与涵蕴，给了我很深的印象。

这京城的学府呵，京味十足！这京城的学人呵，也京味十足！

2003 年 4 月 8 日

光流婉转

北京的太阳升得早，夜幕也降临得快。北京的夜晚则是别有一番景致。

下午到北京大学中国语言文学研究所听钱理群先生的讲座，听了整整一下午。从北京大学出来，已是晚上 7 点多了。同行几人执意要坐大巴，车窗外，华灯溢彩，煞是好看。而坐在大巴里，摇摇晃晃，居高临下，居高望远，倒是得天独厚的享受。行驶在流淌的车河里，真有意想不到的惊喜。

当车子扬上立交桥顶层，往前一看，两道光的旋流婉转而下，左边一路白灿灿迎面飘来，如火如荼，热烈而奔放；右边一路红闪闪飘忽而去，如梦如幻，宁静而绵悠……

而当你俯首朝下时，前后车流与左右两边的车流正成直角，而此时此刻见到的是白色、红色两道光流分左右两道笔直地流向远方……

茫茫京城被这无数条光流映照着，联串成河，成蜿蜒曲折的河；联串成龙，成强健翔舞的龙；联串成网，成斑斓绚丽的网……

而京城白天的那份凝重与庄严已难觅踪影，呈现在你眼前的是一个鲜活而又亮丽、博大而又立体、神秘而又富于质感的现代京城。

是的，在这只见光流不见车流的夜晚，连隆隆的车声也似乎随着这轻盈的光流流走了。这纯色的光流，比大白天那五颜六色、杂七杂八的车流要美得多了。

北京人兴许是被“非典”吓着了，或许是本来就不太喜欢逛荡，就是白天，大街上也少有人影，与南方都市不大一样。晚上游人更少，真真是辜负了这大好春光，辜负了这美丽夜色！

2003 年 4 月 9 日

未名湖，无以为名

中午没休息，早早地来到了心慕已久的北大校园。从西门进去，是地学系。几块不规则的大理石组合成一个抽象图形，无论是色泽还是质地，都凝重而深沉，不留意，还真发现不了这上面刻着“地学系”三个字。

再往里走，一色浅灰墙、深灰顶的建筑，或长廊曲折，或方方正正，既非古色古香，也不摩登时尚，直觉着雅正而不飘逸，沉稳而不凝滞。这大概就是北大风格吧！

离学术报告开讲时间还早，便想去未名湖边走走。七折八回，只十来分钟，便远远地见着一座巍峨塔影，想必是博雅塔了。地道的中国式塔形，纯正的中国塔色，且又坐落在中国古老学府的园地，“博雅”二字，听起来也是挺地道的中国儒雅味！

未名湖曲折蜿蜒，不甚宽广。中间有一座小岛，上面亭台楼阁，宛若小小蓬莱。湖畔垂柳新芽，鹅黄嫩绿，悠悠拂水，煞是清新可爱。蒙蒙细雨，漾漾微波，湖中塔影与柳影一起摇曳，直教人不分刚柔，也难辨虚实。

一条小径与湖水形影相随，与湖岸一同蜿蜒流转。路旁迎春花灿烂明黄，榆叶梅红艳怒放，与深深浅浅的杨柳、草地调配成一种亮丽鲜活的情调，与未名湖水的温柔和博雅塔影的凝重一起营构出一种特有的北大神韵！

而当我与湖畔那一尊老校长蔡元培先生的塑像相对而立时，我感觉到这位老校长那睿智的目光、那坚毅的身影，一直与北大、与未名湖相依相伴。我甚至真真切切地感受到我脚下这座小桥上，曾经抚摸它们的先驱们的温柔目光；真真切切地看到了在我脚下这条小路上，先哲们曾经留驻的沉稳脚步……

斯诺老先生的墓庐、庭院也在这未名湖畔独占风光，静静地坐落在紧靠湖边的一个小山包上。这是中国人对这位西方老朋友的最高礼遇，把这样的风水宝地让给他休憩。自然，他也是当仁不让。

围绕着未名湖，掩映在绿树丛中的，大多是红墙绿瓦的小四合院。每个四合院的门庭边都挂着一些并不抢眼的木牌，上面写着“中国书法研究所”之类的楷体小字。院子里静静的，却都是藏龙卧虎之处，令你不敢贸然窥视。

穿行于各个四合院之间，还可以看到一些石雕铜塑，如“石龟驮华表”“雄狮镇门庭”“猛虎踞要津”之类，真让你直犯迷糊，疑惑自己究竟是置身于大学校园，还是流连在文化公园；还让你觉得若是稍不留意便有亵渎文物、亵渎神灵的嫌疑，以至于使你话不敢高声，动不敢莽撞！

未名湖呵，涵蕴无限的湖！真真是无以为名！

2003 年 4 月 10 日

“佛光”照耀，小院生辉

从北大西门进去，七拐八弯，来到一座小四合院门庭前。一块深棕色的木牌子上用楷体写着“中国语言文学所”几个字，非常清秀俊逸。这座四合院在外观上并无特别之处，一点也不张扬，但走进去一看，还挺有档次，给人以现代、清爽、得体的印象。“当代文学教研室”在进门右边的尽头，房子空间不大，一张椭圆形的会议桌居中，周围可摆放十来把椅子。或许平时使用正合适，可在今天下午就明显觉得狭小了些。在座的博士后、博士、青年教师，还有像我这样的访学者，共三十多人，把这个三十来平米的会议室塞得满满当当。今天下午的讲座是著名学者、北大教授钱理群先生主讲，我特意挑了一个靠讲台的位置。

三点整，钱先生准时出现在讲台前。他矮矮胖胖，一坐下来便摘下那顶瓜皮小帽，露出几绺稀疏白发。然后从一个小布袋里掏出两本书，我靠得近，看得真切，一本是他的《学魂重铸》，另一本是他的《返观与重构》。

一进门他就反复说：“其实不用听，我就那点东西。”

钱先生头顶很光，很亮，额头很高，给人一种满脑袋智慧直往外溢的感觉。慈眉善目，像尊弥勒佛。眉眼上方那宽大的额头上，“沟壑纵横”。兴奋时，眉眼上扬，皱纹重新排列组合，会在前额两边形成两组滑稽的“眼睛”，乍一看，似乎他脸上有三对眼，一对比一对高，一直排到头顶，对对都放射出快活祥和的光，整个屋子都像是被佛光照耀一般。他眼角的皱纹也是大大咧咧的，笑起来满脸活跳；平静时，则一马平川。

钱先生说话速度很快，稍不留神，就会与他的金玉良言失之交臂。但他的声音很有磁性，加上他右手配合声音不停地指指点点，你是不会走神的。他的讲稿摊开着，圈圈点点，不成行，不见列，就像是一个无所事事的人随手涂抹的东西。将近三个小时，也不见他翻动一页稿纸，也不见他喝一口水，只是偶尔掏出一条灰黄色的手绢擦一下唾沫。

整整一下午，我没有忽略钱先生的一个表情，也没有漏掉钱先生的一句话。我被他表情的魅力和话语的魔力裹挟着，情绪持续地高度兴奋，想松懈而不能。今天，他是来作博士论文选题指导的。他谈到如何在研究中找到自己，提高自身的精神境界，进行原创性学术研究，如开闸泄洪，谈锋滔滔。他讲具体的选题要求、研究方法，是导师引路，渐行渐深……满堂学子都被牢牢地钉在座位上，鸦雀无声。直到他自己戛然打住，反复提醒大家，“有什么问题可以提出来讨论”时，大家才猛然醒悟，于是持续了半天的“一言堂”变成了“群言堂”。大家争先恐后，质疑问难，不可收拾。

有人说钱先生是“半佛半魔”，果然如此！

2003 年 4 月 11 日

泱泱大庠，“迷你”小院

坐落在京顺路旁的中国社会科学研究院研究生院，可以说是个袖珍院。三十多亩地，七、八座小楼恰到好处地占据着各自应处的位置。一条小道由西往东，将小院的生活区与学习区分隔开来，泾渭分明。无论是别致的图书馆，还是相对高大的教学楼，都是爬满青藤的小屋，看不清本来的模样，却给人以幽深而很有涵蕴的感觉。只有学术报告厅特立独行，白色的墙面，墙面上不规则的线条把大片大片的白色描画成一个个的平面几何图形，抽象而又具体。配上圆拱形的窗和门，显得现代而又高雅。

三栋公寓楼与招待所合围，规规整整地圈出一个四合院。院内曲径通幽，两株樱花在这井底洞天里尽情尽兴地开放，潇潇洒洒地飘落，直让人企羡与佩服得只想寸步不离地陪伴着它们轰轰烈烈地张扬一回。

一个迷你运动场占据着小院的东南角，一条能容两人并肩散步的彩色小道，柔情似水地沿着栅栏流淌，把一个充满了阳刚之气与力量之美的所在，生生地流成一个温润柔美的“公园”。“公园”里精心布置了两个篮球场、两个排球场，还有一个篮球场大小的袖珍足球场很滑稽地占了“公园”六分之一的地盘。还有六分之一是一座青青的小土包，一条弯弯曲曲的鹅卵石小径蜿蜒其间。坡地上有一棵垂杨温柔敦厚地注视着这个小小的“公园”。旁边还立着两棵正当壮年的苦楝树，尽职尽责地守护着这一切。“公园”的围墙是铁栅栏，不隔音，不隔物，却把车水马龙、尘世喧嚣利利索索地阻隔在外，为小院营造了一方净土。

一切都平平常常，不显山，不露水，很难想象这里面住着中华民族泱泱大国社科界的几百名精英。他们都是博士后、博士、国内的高级访问学者，还有洋博士。一日三餐，只有在饭厅里才能发现这种辉煌，虽然这里面只提供萝卜白菜豆腐汤，馒头稀饭榨菜香。

每天下午，在大报告厅和小报告厅里，都有社科院的导师们，或是北大、清华等一流学府的学界巨头们来这里讲学、答疑释问。只有在这里，你才能领略学问的宽广、学术的高深。这里面时空无限，思维无碍，创造无极！

还常有精英们早出晚归，奔波于京城其他高校求师问学。这里虽处京城一隅，但地偏学不偏，人远心不远。在这些精英们看来，整个北京城都是他们的校园。他们聚京城天地之灵气，沐京城神人之精华，焉能不精？焉能不英？

2003 年 4 月 12 日

有空时而无空心

“非典型性肺炎”闹腾得厉害，北京尤甚。我不怕被别人传染，但别人怕被我传染，似乎人人都有“非典”嫌疑，人人自危。现在日子好过了，都把生命看得特重。本想去拜访友人，也只好作罢。还想去王府井走走，看看书店、逛逛商场，也只好作罢。

坐在中国社科院研究生院的寓所里看书，难得有空沉下心来，但此时此刻却是有空时而无空心。窗外一树树杨柳由嫩黄转深绿，雪白、轻盈的柳絮漫天飞舞，总觉得辜负了这良辰美景。自迁居南海之滨，八年来未曾享受过这春的喜悦，总有一种走出去感受一下这盎然春意的冲动。来北京之前，友人告诉我，北京的春天是从3月25日开始的，因为那天早上他第一次看到了柳条萌芽，感受到了盈盈绿意。

今天早上听到喜鹊的叫声，这久违的熟悉的鸣叫，好亲切。湛江好像没有喜鹊，或许有，但我没听到过喜鹊叫。记得小时候特别期盼听到喜鹊叫，要么有喜事临门，要么有客人来，有客人来便有好吃的。而此刻这喜鹊的叫声真引发了我一种莫名的惊喜，我赶紧出门，去追寻这美妙的叫声。当我和它一同来到那“迷你”运动场时，它便停在运动场那唯一的杨树梢上，友好地和我做了一阵叽叽喳喳的交流，然后又快速地扇动着翅膀飞向马路对面的那一片杨树林。飞行时，就像一个翻动的风叶轮。

2003 年 4 月 13 日

白玉兰，红玉兰

刚来那天，园里的白玉兰、红玉兰开得很盛，满树花朵，或红或白，纯净而无杂色，热烈而不张扬，淡雅中透露些许清高，全无他色点缀，也无绿叶扶持，一朵朵沉稳而飘逸。

这几天，花树日渐疏朗。也不知是什么时候起这花儿一朵朵悄然离去，不见红雨随风，也不见芳容逝水。不见半点残败迹象，自然也不惹多情人徒增叹息。

每当路过，仍然是玉树临风，我不由地生出一种感佩：其实，轰轰烈烈地亮丽过，享受过阳光、春雨、春风和人们欣羡的目光，就该知足了。

既然注定没有永恒，又何苦一定要装出无可奈何作依恋状，显出残花败絮作可怜状，或让人垂怜，或让人窃喜，或让人徒生伤感？

在人们的期盼中如约而来，在人们的料想中如期而去，潇潇洒洒，轻轻松松，磊磊落落，岂不快哉！

2003 年 4 月 14 日

柳絮飘飘，藤蔓摇摇

昨晚下了一场雨，气温也陡然下降了许多。阵阵寒意袭来，有一种很久没有体验的春寒料峭的感觉。好在很快风停雨住，我赶紧起床，踏着水迹，迎着晨风，在院子里的小道上跑步。雨后清新的空气，真真是沁人肺腑，特爽，特凉！

上午，艳阳高照，一片明丽。坐在窗前，全身沐浴在阳光下，说不出的惬意与温舒。捧一本杨匡汉先生的《渔阳三叠》，随先生一道神游马来西亚，重温那“岩浆凝成的山峦，雨林酿成的葱郁”；同先生一起品味吴岸的《榴莲赋》、品尝游川的《粽子》，猛然激起我对马来西亚华族诗人的神慕。想当年，我游马国真真是走马观花，只见到了遍野的橡胶树，却未曾深入体验那雨林的深挚韵味，更不用说对马来西亚华族诗人呼唤生命的至尊与至爱的领悟；我惊叹宽阔的马六甲的壮观，但对马来西亚华族所“拥有最沧桑的过去”的理解却是肤浅的；我只知道荷兰式红色小洋楼别致而有情味，我却无法理解那是“狱壁上被抹除了千次后终又显现的一痕血影”……

就是对云顶那精彩的博彩场面，也只有好奇与兴叹，终不敢放胆一搏。我不敢尝榴梿，甚至闻其“臭气”而退避三舍……何曾如杨先生这般对马国华人作灵魂状态的体验与追问。先生导我重游，导我“在多重时空中运思”，在赤日炎炎的南中国海追寻莲根，追寻马来西亚华族文学的根，感悟一种“泛中华文化”的精神底蕴；导我重返马国，感受马国的风土人情，感受马来华人文学中的那种蕉雨椰风，那种属于马国本土，又属于全人类的生命体验与艺术表现。《渔阳三叠》，令我遐思无限……

回过神来，想极目远望，但幢幢高楼横加拦阻，挡住我追寻的视野，只有京顺大道两旁那一线浓浓的绿色，将我的目光牵至遥远的前方。澄明的空气中，飞舞着团团柳絮，它们轻盈悠闲，任意东西；它们潇洒自由，依性上下。我总觉着那并不是“因风起”的飘扬，更不是败絮逃离的飘落，而是一种“凭借力”的翻飞，作姿作秀的自在翻飞！

对面教学楼的墙上爬满了青藤，背阳处依然墨色沉沉，而当阳面则绿影摇曳。还有一些多情的藤蔓已探头探脑地爬上了窗台，或从窗棂上往下窥探，将盈盈绿意直接呈现在窗口，殷勤地给固守寒窗的莘莘学子传递着春的情意，直教人欲心定气闲而不能。

这京城，这“迷你”小院，实在是一方圣地，任你神游六合，也任你心骛古今。

2003 年 4 月 18 日

二、旅韩纪游

2011 年 7 月 17—21 日，人文学院部分老师去韩国旅游，信笔记行。

从仁川到首尔

六点半就醒了，空调将室内温度降得较低。昨晚睡得早，精神不错，天气也不错！

经过烦琐的出境检查，我们终于坐上了飞机，于韩国时间 16：40（北京时间 15：40）安全降落在仁川机场。60 年前，这里一马平川，且是泥滩，并不是个登陆的好地方，但是美国军人就是出人意料地从这里登上朝鲜半岛的。当然，时隔 60 年，当我来到这片滩头的时候，这里已经是一个大规模、现代化的国际机场了。华灯初上，如同日在中天；四条跑道上，飞机时起时落，热闹繁忙；紧依着一座座航站楼前排列的飞机，井然有致，确是世界一流机场的气派！

出机场，一路向东，汉江两岸灯火辉煌。汉江上有 28 座桥，还有 4 条水下通道。每一座桥梁都姿态各异，排列很密。两岸桥头的层层引桥，成立体圆弧状。桥上灯光与车流灯影构成一条条圆弧光环，我坐在飞驰的车窗旁，老是有一种错觉：左边灯光在前行，右边灯光在退隐，整个都在错位流动，奇妙得不可思议！总以为不是车在走，而是灯在流。而对岸的、桥上的灯影倒映在汉江里，层层叠叠，让你根本感觉不到江水、江波的存在，只有一波又一波的灯影流转，如梦如幻。

二十时整，到达首尔，入住绿世界酒店。从餐饮到卧室，干净、精致，雅静而又实用。

首尔离“三八线”很近，据说朝鲜的火炮都可以打到这里。但首尔依然宁静，依然繁华。高楼林立，千姿百态，全然不是单一的“火柴盒”。据韩导说，南韩怕北韩，因为他们西装革履，不愿与光脚的人拼命。

导游给我们换了点韩币，1：155，拿着一大沓韩币，颇有大款的感觉，出手就是成千上万了。

2011 年 7 月 18 日

“三八线”附近的展望

一大早就起来了。其实在韩国不算早，韩国的太阳升起得很早，韩国时间 4 点多太阳就露脸了。据说我们来之前这里已阴雨近一个月，而从今天开始则是热浪来临了。

早餐后驱车一个小时抵达“三八线”附近。先到拜望台——韩国国民遥望朝鲜拜谒亲人的地方；然后是临津阁——韩国和朝鲜亲人相聚的地方；最后是展望台——“三八线”南北各两公里。长 250 公里的隔离区，站在高高的展望台上，前后左右绵延的群山可以尽收眼底，可以清楚地看到韩国和朝鲜飘扬的国旗比肩相依，看到韩国和朝鲜的哨兵隔岗相望，还可以看到朝鲜散落在对面山坡上的民居和各种不知其用的低小建筑物。但看不见人影，恐怕在这看起来平静而实际上剑拔弩张的边境线上，谁也不敢贸然露面。

展望台附近还有一座“自由桥”，是当年韩国战俘回来时走过的一座小木桥。虽然此后再也没有人能自由地从这桥上走过，但桥上的木栏、木板还是成了黑褐色。经历了半个多世纪的等待后，仍然失望地、苍凉地继续着它的等待。同时似乎也很伤心地在警示两端的人民，它已经很沧桑了，经不起更多、更长久的风雨了！只有无数的小布条系在自由桥的栏杆上，载着“南北统一”“世界和平”等字样在风中飘拂，表现出足够的信心和热心。

自由桥旁边有一座铁路桥，这是以前我们常在电视屏幕上看到的钢梁护架的那座桥。桥头停泊着最后一次进行南北通行的那个火车头，已是锈蚀斑斑，变成黄褐色了。不远处矗立着很堂皇、很气派、很现代的一座建筑——火车站。韩国人称其为朝鲜的第一个火车站，可见同胞情深，渴望统一的要求热切。只是眼前这里空空如也！只有我们这些游客出入其中，欣赏一下这建筑的时尚，买几本纪念图册，盖上几个纪念印章，唏嘘感叹一番而已！

朝鲜在地面上无法逾越“三八线”，但他们统一朝鲜半岛的努力并没有停止。他们在地下挖通道，在绵延数百里的群山深处，在坚硬的岩石中间，凭着钢钎铁锤和他们的坚毅勇气，悄悄地挖掘通向首尔的地道。据说有十几条这样穿越“三八线”的地道，韩国探测到了四条，并把这些地道当作旅游景点，以昂贵的门票来赚取利润。我们以 350 元人民币的代价（折合45 500韩币）进了第三条地道。进到一百多米深、三百多米长的地道深处时，通道被阻断，对面就是朝鲜了。但有一个小洞口，可与对方（朝鲜）隔着洞口相望，里面黑魆魆的，让人恐惧，生怕那里会飞出子弹来。

沿汉江而来，岸边全是铁丝网，三步一岗，五步一哨，江中没有渔船，也没有货船航运，是难得见到的一条风平浪静、安然悠闲的大河。据说是因为曾经有朝鲜特工随海水潜入汉江至韩国上岸，令人震惊，从此汉江两岸便封锁得如同铁桶一般。

之后，我们还参观了许浚（韩医祖师）博物馆，还有韩国总统府官邸青瓦台，当然只是远观而非近看，但也显示出韩国的开放。青瓦台坐落在一中规中矩的锥形山脚下，显得清秀靓丽而别致。总统官邸旁边就是有“韩国总统博物馆”之称的青瓦台舍廊房。那里的广场秀气，一条马路穿“场”而过，自是不能与我国的天安门广场相比；不过那小小的喷泉池也还有特色。

晚上乘机到达济州岛。

2011 年 7 月 19 日　晴

济州岛上

今天可是充分领略了济州岛上炎炎烈日的厉害，个个都被“烤”得面红耳赤。

一大早出发，由东而南，再至西，然后回到东，绕了一个完整的圈。上车下车，忙得不亦乐乎！

首先到达城山日出峰。这是一座三面环海、刀砍斧削得像一方豆腐块一样干净利落的石头山，海拔二百多米。据说是因十万年前的一次火山爆发而形成的。山脚下是一片绿绿的草地，很平旷，依附着日出峰裙幅一般迤逦展开，在碧海蓝天的映衬下，尽显丰盈和飘逸。尤其是在日出峰的反衬下，更显得超凡脱俗。这是韩剧中经常用来举行婚礼的地方吧！看起来很眼熟。草地旁边还有一个小湖，波光粼粼的，真的像一块蓝莹莹的宝石镶嵌在这少女的绿色裙幅之上。

要上日出峰，“自古华山一条路”。且路势峻陡，崎岖狭窄，转弯处只能容一人过，有的地方还须手脚并用，攀缘而上。但是一弯一景，一层一景，移步换景，甚至是不移步只换角度也会显出令人惊奇的景来，这就要考验你发现美、表现美的本领了，也考验摄影师的技术。确是山色海天，美不胜收。一行人欢声不断，笑容不变。每个人都成了明星，争先恐后，抓拍美景。不停地用笑脸面对相机，而阵阵欢声则来自美照，美照来自美景和对美景的发现！

从日出峰下来，乘车十多分钟，便到了涉地可支。这里有一个修女院，虽然微小，却很精致。沿海岸一路显现的完全是自然生态的岛上农牧风光，橘树成片，牛马成群，很让人感叹韩国人的环保意识。靠海一边是一色的黑礁石，形态各异，全凭你的想象力，想象有多奇特，物状便有多奇特。我们在一些韩国人认为很有观赏价值的礁石旁停伫，其中有威武的将军崖，特立水中，刚毅勇武，警惕地注视着一望无际的海面，一副一旦发现来犯者，随时可率领千军万马出击的将军神态！左看左像，右看右像，果真神奇！

至于那柱状节理礁石带，更是见所未见，全都由大大小小的四角或六角形的石柱组成，好像是用规整的模具制作后整齐地砌成的。据说是汉拿山喷出的熔岩流入大海时冷却而成。这是海水与岩石相搏千万年而形成的奇迹，岩石没有被海水冲刷得圆滑，反而更加嶙峋，嶙峋得如琢如削，有棱有角，直立崖边或者矗立海中，更显石节石理，石刚石质。

而龙头岩就更奇特了，确实令人惊叹，惊叹造化的伟力，大自然的奇功。不知当年火山熔岩喷射的那一瞬间，遭遇了一种怎样的伟力，使其成为犹如海中蛟龙靠岸时猛一回头长啸海天的姿态，气势磅礴！它一啸万年，历经千万年的风雨侵蚀，海水冲击，而更显蛟龙威势，至今让人震慑！

济州岛上有一个最为中国人知晓的世界杯足球场。我们旅行团全体成员来到了曾举办 2002 年世界杯的球场，并坐在观众席上照了一张合照。可笑的是，我们居然在这里错过了九年的时空而大喊“中国队加油”，而且喊得是如此慷慨激昂！如此无奈悲伤！因为中国队的唯一一次世界杯之旅的一场对巴西队的比赛就在这里进行。0：4 惨败的结果、让中国人颜面尽失的现场更让我们记忆犹新。而糟糕的是，九年后的中国队不但没有起色，反而更糟糕，并以无耻的贪腐事件让中国人蒙羞。

晚上仍留济州岛。

2011 年 7 月 20 日　晴

景福宫与“中国味”

早上飞回首尔，先游览了韩国历代国王居住的景福宫。这是朝鲜王朝保存最完整的一座宫殿。曾经两次被日寇焚毁，两度重建，现在还不断地在原址重建部分宫殿。宫殿全用汉字命名，宫殿的结构也一如中国皇宫。当然不如皇宫一般大，更像是北京故宫的微缩。从宫殿的功用设计、宫殿的名称意义，到宫殿群的布局安排、构建风格，全都显现出与中国的历史文化、政治风格、建筑艺术的源流关系。走进景福宫，有一种走进沈阳故宫的感觉。

在去清溪川的地下通道里，见一老者跪坐在一席垫上用毛笔写汉字。在席垫旁边还挂着几幅水墨画。见我们伫立旁观，很友好地问：“中国人?”我们点头，他即竖起大拇指：“中国好!”我们问：“人好？还是字好?”他点头：“都是。”他的汉字写得很不错。我也朝他竖起大拇指。听说在韩国不少地方还保留着汉字。上了年纪的人中会讲汉语的也不少，也不乏像这样的老者，喜欢中国画、毛笔字。

其实，在韩国只是短短三天的走马观花，但我强烈地感受到了韩国人身上所保有的中国传统文化、传统文明的痕迹。男士们庄重礼貌，女士们贤淑温柔，或者说在他们身上看到了典型的东方文化的烙印。在经历了近一个世纪的各种文化运动以后，在中华大地上的传统文明、传统文化已被撕扯得支离破碎的时候，我们今天见到这样的韩国人时，真有点为自己汗颜。

我们随后还去了人参公卖局、化妆品展厅、东和免税店、明洞购物街等。韩国导游并没有像香港某些导游或中国大陆的导游们一样，软硬兼施地让游客购物，但我们却购得很疯狂，自愿自动地掏腰包，一路掏来，掏到机场免税店时，一个个已是囊空如洗、弹尽粮绝了。确实是因为韩国人会做生意，服务意识好，商品也不错。这钱让你花得心甘情愿、舒舒服服。

还有值得一提的是韩国的饮食，真让人出乎意料地惊讶，出人意外地满足。在国内旅游一次，辛苦一回，痛苦好一阵。“起得比鸡早，跑得比狗快，吃的比猪差。”“旅游”两个字叫人爱也不是，恨也不是。但在韩国，导游特有修养，特有人情味。真真正正一“导游”，从来不催不赶，不逼迫也不诱导，非常体贴。各处餐厅、饭菜都让你尽兴尽致，尽其所能，无论素荤，从不吝啬。当然，你也不好意思浪费。尤其是韩国饮食，不蒸不炸，不油不腻，吃得很舒服、很科学。

行走在街市上，无论是人行道还是车道，都秩序井然。街旁路边不见摊贩，上下班路上也不见有人提着食物边走边吃得匆忙，当然也就没有胶袋乱飞、垃圾乱扔的“景观”。

2011 年 7 月 22 日　晴

三、黄山市掠影

黄山市与“老街”

“五岳归来不看山，黄山归来不看岳”，黄山电信的友好信息更加激起了我游黄山、看黄山的那种迫不及待的热情。我是昨晚九点半到达黄山的。本因身体不适，一直犹豫，不敢来黄山参加这个会议，但与黄山神交的夙愿还是驱使我来了，而且精神不错，干劲很足，今天早早地就起床了。推开窗一看，黄山市就坐落在群山环抱之中。山势逶迤，如带如波。不知是因为我观山的楼高，还是山确实不高，总觉得周围的山山岭岭，并非我想象中的嶙峋刚劲。朝晖下，远远近近，众壑阴晴不一，玉簪螺髻，深深浅浅，明暗清晰有别。

清晨，市区一片宁静，宛如一贪睡婴儿，恬静地安卧在母亲的臂弯中，只有偶尔的三两个行人和车辆打破这宁静。早晨如此，夜晚如此。昨晚下飞机后，乘车进入市区时，同伴就说，才九点多，为何不见街边人群熙攘。白天一色蓝花顶棚的人力车，是黄山市区的一道风景。坐上人力车，很悠闲，也很威风，连大巴也为它让道。看来黄山人和黄山一样，日子过得沉稳、安宁。街道也很清爽，栋栋楼顶上，整整齐齐地排列着大大小小的太阳能接收器，门窗遮棚都是整齐的规格与色彩，给人以干净、整洁、大方的感觉。四周山岭是这城市的“天然氧吧”，住进宾馆不用空调，舒舒服服，真是难得。

下榻处位于屯溪区。南面窗户，正对着东杨梅山。这里是黄山市政府所在地。华山、杨梅山起伏市内，横江、率水汇合成新安江，穿城而过，因而黄山市有“一半街巷一半水”的美誉。新安、黄口二桥横卧江上，东面还有一座人行观光索桥，别有风味。西边的老大桥，则显几分沧桑。

此地为历代商贸重镇，明清徽商兴盛时期，更成了繁荣商埠。屯溪老街被称作“宋城”，便是其缩影。老街全长一千二百七十三米，一色的赭石路面，一色的传统商铺，前店后坊，幽深古朴。精巧楼阁，别致天井，雕花门窗，小青瓦、白粉墙，典雅大方，一派宋明气象，一律徽派风格，果真是活动着的“清明上河图”!

“同德仁”“翰香斋”“程法馨”等名家墨砚、茶艺店铺，石雕、玉雕、墨雕商铺确是翰墨沁脾，茶香满路，让你流连忘返。各式宝砚，荷叶托金蟾、双龙捧珠、金龟驮鹤，鬼斧神工，让你赞叹不已。各款茶海、茶壶、茶杯巧夺天工，更是让人爱不释手，难择取舍。这里有“癫狂寓世，刀笔游魂”的雕砚大师方见尘的真品，还有尽显徽师风韵的竹、木、诗、玉各类雕刻珍品。

2008 年 7 月 16 日

程氏三宅

山区的天是孩子的脸，说变就变。晚饭时还很好的天，晚饭后却下起了一阵大雨。从窗外传来急促的雨声，那是雨打在各个窗台的遮阳板上发出的极有力度和强度的声响。真是“鸟鸣山更幽”，这雨声更加反衬出这城市的夜的宁静。伴随着“呼呼嘭嘭”的雨声，从窗口飘进来的是带着清新气味的湿气。“空翠”本也“湿人衣”，更何况雨洗青翠，更让人感觉湿润润的。

上午去老街徜徉了半天，还是有点走马观花。看得细一点的是雕刻。我于雕刻，是地地道道的外行，只有看个精致、摸个细腻、感叹个好的本事。而安徽人确实能干，砚架、茶具，各类器物雕刻得让你叹为观止，据说徽派“四雕”更是徽派建筑装饰艺术中的奇葩。“四雕”即用于建筑装饰的砖、木、石、竹四种材质的雕刻艺术。尤其是歙县、黟县、江西婺县等地最为典型，而且保存完好。各式民居、祠堂、庙宇、园林、亭台楼阁，处处尽显徽派艺术风采，张扬着安徽人的审美情趣与艺术追求。老街当街的大牌坊两旁的所有商铺楼阁都向我们证明了这一切。

去老街的路上，人力车夫告诉我们，这段时间去老街还早了一点，商铺关得晚开得迟，他建议我们去程氏三宅看看，他也不加价，带我们在程氏三宅转悠了一阵，还等着送我们到老街。这安徽人挺实在，难怪徽商走遍天下，誉满天下，利满天下。

程氏三宅的园林建筑可谓典型的徽派风格了。古宅坐落在屯溪区柏树街东里巷，这条巷子窄窄的，幽长幽长的，只容一辆人力车通过，也只能是人力车在这里悠悠地走。两旁一人多高的实墙，白体黑瓦，导引着我们在坑坑洼洼的石板路上，缓缓地走进那悠远的时空隧道，走进五百年前的这座豪门。那是明代成化年间，礼部侍郎、著名文学家程敏亲自建造的一座住宅。全部是砖木结构，占地有四百七十多平米，三座宅子各自独立，而又实断虚连，每座宅子都是五开间，两层穿斗式的楼房。前后两厢中间有天井，门楼向里开，门罩朝里做。封火墙高低错落，墙上小青灰蝴蝶瓦蜿蜒起伏，给这沉静了近五百年的庭院以永恒的动感和活力。大门楼内壁门楣的砖雕，是“凤凰戏牡丹”，游戏了几百年，仍然是那么富丽鲜活。而室内的屏风、窗楹、栏柱，以及桌椅、几案、文具等，无不饰以雕刻，各色花鸟虫鱼，极富创意，很有灵性。刻镂、浮雕、圆雕皆是量身定做，天人合一，工艺极为精湛，至今仍然色彩鲜明，清新隽永，韵味悠然，堪称徽州砖木雕中的精品。

另有赛金花的故居，也在程氏三宅园林景区内。这里设有其遗物陈列馆，以及从国外收集来的大量图片和资料，隐隐约约传递出赛金花扑朔迷离的人生信息。

还有一座五百年前建造的程大位的故宅，也是不得不让人惊诧于徽州人的雕刻艺术的。这位让徽州人引以为豪的大人物——珠算师祖，他的院墙上每一个窗棂都是一把巨大的算盘，至今仍然木珠圆润，拨转灵动。

2008 年 7 月 16 日晚

山城与江城

夕阳西下，晚霞一派橘红，映红了云天，染红了江水，给青青的山山岭岭也涂抹了一层梦幻般的迷蒙红。

江是新安江和率水在黄山市汇合成的，穿城而过。水是清澈的，难得的清澈，天光云影定格在水的深处，颤颤悠悠的。红是红，蓝是蓝，清清白白，看着好舒服！

江的南岸是一线白墙青瓦的徽式民居，临水一线是青草黄泥。隔岸望去，宁静、自然、温馨这类描写感觉的词，都可用在此时此刻。民居是依山而建的，山势一派柔和，东西绵延，将城市南延的空间隔断，也将我南望的视野阻隔。再往南就是那一片橘红色的云天了。由云天至山峰、瓦房、泥草、江水，连成一片视野，上下虚实，成为难以言喻的一个无限空间。俯仰天地，青红黄白色泽明艳，层层相接。这天地造化，令人叹为神奇！这恐怕也算是黄山市的一大特色景观了。只是天光云影与江水山峦遇合的机会难得。

江的北岸是另一个“世纪”，正如岸边那巨大的楼盘的名称——“世纪花园”。站在北岸望南岸，就有一种恍若隔世的感觉，一种坐在现代化的图书馆读《桃花源记》的感觉。北岸一线整齐的灰色砖砌成了“长城”状。伴随着护墙蜿蜒前行的是条红绿相间的彩砖铺成的人行道和一条十米宽的花草带。走在岸边，有垂杨拂面，有花草牵衣，还有一些不可名状的形色各异的石雕石刻，让人驻足流连。依江而建的是一线现代化的高楼。高楼的每一个窗口都能将我所见到的一切尽收眼底。不用说，这是黄山市最有价值的居所了。可惜的是，大部分的窗口还是空空的，看不到凭窗眺望的身影与目光。

黄山人真有意思。在市区一段的新安江上建立了两座桥，一座是人行索道桥，另一座毫无疑问是车行桥。两桥临近，就像是江南江北两个世界一样，一东一西两座桥，两种情调。走在斜拉索的人行桥上，无喇叭声闹耳，无车影惊心。你可以优哉游哉，慕前路之宁静，也可以顾身后之繁华；你可以神宁气定，看云影变幻，听江水流声，也可以看北岸农夫洗濯，观南岸闲士垂钓。多好的去处！

人行索道桥的北端是一个很大的现代化文化广场。广场上有规模巨大的喷泉，有安装在高楼上的超大屏幕电视，还有各种各样的游乐、健身设施，充分体现出设计者的人文关怀。黄山市政府大楼就矗立在广场西北的山脚下。白天有青山扶持，有朝晖夕阴，映衬着白墙红瓦；到了晚上，通体定位灯光更使其熠熠生辉。市政府周围散落着各局、各机关的各式楼房，如众星拱月。这一切将这个昔日硝烟弥漫、刀光剑影的兵家必争之地淡化成平静、祥和，也在这古老的徽州悠久的青灰与赭石上涂抹了一种时尚与靓丽的色彩；也让我的情绪，从老街，从程氏三宅的宁静与肃穆中，回到惬意的轻松与随意。

2008 年 7 月 18 日

四、湛江即景

海天一“人”

穿过大片大片的甘蔗林、玉米地，走到了地的尽头，便站在了祖国大陆的最南端——雷州半岛伸向南海的沙嘴尖上。再往南，是沙滩。再往南，是大海。

陆地上郁郁葱葱，杂树生花，无数的仙人掌、仙人球也开满了黄黄白白的花。

沙滩是银色的，细细软软，阳光下，银白银白，灿灿的，闪闪的。

海水当然是蓝色的，近处是浅蓝，明艳艳的；远处是湛蓝，蓝莹莹的；再远处是深蓝，蓝成一片苍黛。浅浅深深的蓝色之上，时时跳腾起一束束白色的浪花，欢快而轻盈，携带着这莹莹艳艳的蓝，一直跃向遥远的天际！

中天也是一片银白，远天是瓦蓝，更远处是灰蓝，依色铺展，与远海相接，汇合成一片混沌，好苍茫！

站在这样的海天之间，人，何其渺小！

不！站在这样的海天之间，人，何其伟大！

俯仰这海天之间，蓦然惊诧：在你的面前真真切切地立着一个伟大的“人”——银白色的沙滩写成一个巨大的“人”字，一直写到大海的深处，写到海天相接的远方！

“人”的左边是浩瀚的琼州海峡，海水北击而受半岛阻遏，冲刷出一个大大的海湾，写下“人”字那长长的、强劲的一撇。“人”的右边是汪洋一片的北部湾，北部湾的海水南流而受阻，不声不响地在这里画了一条优美的弧线，便是“人”字那潇洒的一捺。而“人”的两只“脚”则是稳稳地立在这雷州半岛上，立在“雄鸡”引吭的九百六十万平方公里的大陆上！

蓝天白云之下，立着一个伟岸的“人”！

茫茫海天之间，立着一个强悍的“人”！

这是大自然千万年的造化，但并不只是一种巧合！

面对这样的“人”，你不能不震撼！你不会不自信！

柳影柔波

校道的尽头，有一方小小的水池。因没有“源头活水来”，池水并不鲜亮，浓浓酽酽的，自然也就没有什么“天光云影共徘徊”了。岸边有几株垂柳，只是时过中秋，柳叶已是绿中带黄，并非芽黄，更非嫩绿，当然也不是什么“万条垂下绿丝绦”。

然而，当我的目光顺着枝条往下游走，蓦然惊诧：水波上下，居然色彩不一！这水中的柔枝，浓浓郁郁的，恰似我梦中的江南柳影！是浓酽的池水染绿了柳，浸润了柳。而那柳条正拂吻着池水，轻悠曼舞，倒映水中，池水也顿然清爽起来，活泼起来。让你觉着这水很柔，很美……竟怀疑这凝眸之下，是梅雨潭？是秦淮河？抑或是西子湖？

这不甚美丽的池和不甚美丽的柳，何以能彼此融合、映衬，创造一种新的景致，一种新的境界？难道这也是一种自然的法则？

我后退了几步，离这池水，离这柳远一些，让明艳的阳光将稀疏的柳影投映到我身上，让自己披一身斑斑驳驳的阴凉，让池水映射一袭浓浓淡淡的绿，让我静静地品悟这柳的妙处，池的妙处。

2002年10月带学生实习时写于电白一中校园

游吉兆湾

这是一个仲夏里凉爽的日子。其实南方海滨的夏日常常是这样的，或是入晚阵雨扫尘，或是清晨帘雨接日。我时不时在电话里邀请北方在赤日炙热煎熬下的朋友来南方避暑，他们往往以怀疑的心态委婉推延。而此时此刻，我又想起了北方的朋友。

走在吴川的吉兆湾海滩上，朋友，你不站在这沙滩上，你定然想象不出眼前的海景会是什么模样。不是碧海蓝天，不是银沙绵延，也不是雪浪簇拥，更不见渔帆点点，确实别有一种风采，连我这常在海边走的人也被震撼了。我曾站在东海岛的龙海天迎日出，看太阳从海面上露出半边涨得红红的脸，将红红的光铺在辽阔平旷的海面。无论你从哪个角度看，都有一条红艳艳的大道从你面前铺开，一直铺到太阳的身边，光闪闪，明晃晃的。我也曾在日落时分游走在号称“中国第一滩”的龙海天十里银滩上，看满眼瑟瑟、满眼红红的海，像浓墨重彩的水墨画。而月光下的海，也曾是我的最爱。喜欢白天奔涌欢腾的大海在月光下收敛而成的那份宁静与温柔。看月色如泻，看沙滩如练；浪花与沙滩的细语与亲吻，更叫你爱意绵绵，蜜意绵绵。

眼前的海，是沉静的，天是凝重的，海天一片苍黛，一种

“嗡嗡隆隆”的声响似乎是从海底深处升腾出来，又似乎是从遥远的海天相接处碾压过来。而那浪则更劲，更力。一浪接一浪，一浪更比一浪坚定、决断。全力冲击上来，使尽力气拍打礁石，冲刷沙滩，真的有一种勇士的气魄，让你敬畏！

当然，面对如此海浪，也有不畏惧者，那是礁石。吉兆湾，十多公里长的海湾，就是一个“兆”字打开平展开来，沿岸都有形态各异、大小不一的岩石耸立，或呈红色，或显褐色，还有杂色斑驳的。它们在这里坚守了千万年，没有后撤过，没有隐避过。相反，在与海浪的较量中，更显嶙峋，更显劲势。尤其是有一石礁，它独自远离海岸，乍一看，还以为是一头健壮的水牛在海浪中搏击，奋勇向前，劈开浪涛重重，呈永远进击姿态，好叫人振奋！

层层叠叠的礁石间，形成了很多小小的罅隙与海湾。那里有海水流连，有螺蚌栖息，那是激昂之外的平和，那是搏击之后的休憩，却也是别有一番风味的。

吉兆湾就是这样阳刚，这样劲道，也刚柔相济，多姿多彩。

“菠萝的海”话菠萝

在艳阳高照、和风吹拂的暮春时节，我站在了祖国大陆最南端的徐闻县曲界镇“菠萝的海”中央。

这片“菠萝的海”，是一片25万亩的“海”，年产三十多万吨菠萝，并以果大、汁多、肉脆、味甜而声名远播，真真可与位于欧洲北部斯堪的纳维亚半岛和日德兰半岛以东的大西洋的那片内陆海——波罗的海（Baltic Sea）媲美。

徜徉于碧“菠”之上，举目四望，确有“凌万顷之茫然”“浩浩乎如冯虚御风”“飘飘乎如遗世独立”的感觉。这里虽然没有涛翻浪涌的壮观，却有连天极目的辽阔；这里不只是“接天菠萝无穷碧”，而且还见碧“菠”之间有黄金闪闪、红花点点。

那一株株苍翠的菠萝苗，或是得意地捧着一丛丛娇艳的花束，或是高高地举起一颗颗黄黄的菠萝果，犹如一顶顶华美的凤冠、皇冠，还伴随着阵阵扑鼻的酸香味，既炫人眼目，又撩拨人的心神！

菠萝又称凤梨、王梨、黄梨。菠萝果是由多数小果聚合而成的聚合果，一个果有两三斤重。且不说这果是色香味俱全的美味佳肴，营养丰富，果汁含有大量维生素C，天然美容；也不说这果肉含有凤梨酵素，可以分解蛋白质，帮助人体消化，天然健体；还有它那清热、解毒、生津止渴的特殊功效，更是令人称奇。

而我则惊诧于这果的神奇。它来自遥远的异邦（原产中美、南美洲），却与雷州半岛上这片红土地结缘很深。南方高温多雨的气候对土壤中矿物质的风化作用强烈，分解彻底，成就了这颜色张扬、内涵丰富的红土地。在这里，一年四季都可以种植菠萝。半岛上勤劳、智慧的徐闻人精心侍弄这多情的果苗，细致地耕耘着这珍贵的红土地，尽情尽兴地利用这南亚热带一年都是春季和夏季的温润气候，创造着自己幸福的生活，同时也创造着美丽的神话。

人不闲，地不负。人与红土，长相扶持。眼前这远远近近的坡坡岭岭上，都是一株株深深浅浅的绿，一片片齐齐整整的红，一垅垅闪闪烁烁的金黄，宛如出自丹青高手的巨大画幅。还有那地头一座座的菠萝“金字塔”，大路上行进着的一车车的菠萝“黄金流”，都是美丽的传奇。

说到这东方的“金字塔”，还真是徐闻人的专利。他们不用筐装，不用绳网捆缚，就可以将一个个菠萝叠成一座座车载的“金字塔”，走千里万里也压不坏、不垮塌，不可谓不奇！

至于那深深的绿，是收获了菠萝果以后的母系根苗，这苗会分蘖出许多根小苗，这些小苗移栽后就成了那一片片浅浅的绿。

最奇的还是这菠萝苗。这苗收果后可以留作种苗，一生再生，一株多苗；也可以连根拔起，切下母株两侧的分蘖幼株，然后栽培，即可生根发叶，这叫分蘖繁殖；还可将果实顶部的叶丛切下扦插，待生根后移栽，这叫顶芽繁殖。菠萝苗在栽植前要经过日晒风吹、“劳其筋骨，饿其体肤，空乏其身”的磨砺，使切口风干；然后栽到地里，它又返青生长、结果。你不能不惊诧这样一株小小的、弱弱的植物苗种的顽强生命力！

这苗还有一奇特之处就是耐热、耐旱。无须经常肥水侍候，它只需留住清晨那一点露水，就可以很好地生长。

这菠萝叶是一丛丛地生长，呈现出一种莲花座形状，造型很美。叶片像剑一样，刚性十足。而叶色青翠，花序艳丽，常看到人们用花盆栽种，陈列于厅堂之角、窗台之上，既可赏花，也可赏叶，自是一道别样的风景，美不胜收！

菠萝的花也是很美的。由白而黄，由黄而红，细细的花瓣紧紧地簇拥在一起，一层层地开。红的红，黄的黄，紫的紫，夹杂着，开得精致而尽兴，开得富丽而堂皇，开得炫人眼、沁人心、怡人神。它开在带刺的、张扬的、苍翠的叶中间，粗中显细，刚中含柔。它是粗犷中的妩媚，是阳刚中的娇艳！

黄灿灿的果、剑样的叶、柔柔的花，这就是菠萝！

湛蓝蓝的天、火辣辣的红土地映衬着绿莹莹的“菠萝的海”，这里确实是一个菠萝的神话！

白沙湾

2012 年的 4 月 22 日，应邀来徐闻赏美景、采风情、品佳肴，确是其乐无穷。

晚上入住于杏磊湾度假村。

度假村坐落在白沙湾，其名也美，其景也美。

白沙湾东倚排尾角，西邻红坎角，湾后有清代的白沙炮台。海湾长约三公里，滩涂平缓宽广，沙白如银。海湾中鲻鱼肥美，海岸边罾寮古朴，故被誉为“白沙钓台”。

十多年前，我曾来这里品尝肥美的海鲜，翻检断瓦残砖，在岸边的罾寮渔船旁流连。现如今，已是物景大变。在距此地两公里处，就是海安客运码头。徐闻人硬是在南海的浩瀚波涛之中，人工筑堤，围住一汪平静的海水，建起了一个气势恢宏的火车轮渡码头，蛟龙般的火车居然坐着轮船，呼啸着越过琼州海峡，直达海口。

这里汽车、火车、轮船川流不息；汽笛、喇叭、哨声互相呼应，尽显威风。

记得我第一次过琼州海峡是坐在轮船上过去的，很兴奋，不想坐船舱内。站在舱外，看了些好景致：看船头劈开重重波浪，激起水花飞溅，搅动万顷碧海；看鱼儿随着浪花高高跃起，成群结队，追波逐浪地嬉戏；看水鸟绕着船儿翻飞，既追逐着鱼儿，也追随着蓝天白云寻热闹。

2003年1月，粤海铁路通车。2006年，我陪朋友坐火车过海峡。那可真是跨洋过海，如履平地，全然没有随船俯仰、颠簸跌宕的煎熬！

不久的将来，我国将在琼州海峡兴建第一座公铁两用跨海大桥。2011年3月该项目已正式列入国家“十二五”规划研究建设项目，铁道部、交通运输部也分别将项目列入全国铁路和公路“十二五”发展规划。大桥建成后，驾车跨越琼州海峡只需20分钟，列车通行也将压缩至10分钟。美梦成真时，这里将是天堑飞虹，那又是一种怎样的壮景！

白沙湾不远处就是“大汉三墩”风景区。这是就景取意，连串沿岸三个小岛，构成远景近致，称为“大汉三墩”。人工修建的“大汉”气势，淹没了当年古道的原始风味，也断绝了我当年曾于片瓦残砖处寻找“秦砖汉瓦”的梦想，但仍能感受到一种古朴和悠久的情韵。

夜晚，站在旅馆三楼的楼台上，看海风将远海的灯光吹拂得明明灭灭的，把隔着40多公里的海口市摇晃成了一座海市蜃楼。近处海岸上的灯火和星星点点的渔火倒映在海中，与对岸闪烁流动的灯影遥相呼应，把眼前的海峡掩映成了一条“银河”，真的令人迷醉！似乎这天堑成了可以轻而易举地游过去的一湾浅浅的河水。我突然有一种冲动，想对朋友说：“我们现在游过去！”

真的感觉离海口好近好近！感觉这海峡好浅好浅！

确实是可以游过去的，只是不是我。从 1999 年开始，这里就是中国横渡琼州海峡游泳活动的下水点。2001 年，国际泳联选定此处为横渡琼州海峡马拉松大赛的下水点。

听当地人说，跨海大桥的桥址就在此处。大桥建成后，我不用遗憾自己游不过去了，也不用幻想自己游过去了！但到那时，这里又将引发人们什么样的想象呢？

度假村毗邻杏磊湾，因而名为杏磊湾度假村。其景也美，其名也美！

杏磊湾

杏磊（又名沓磊），是徐闻海安西部的一处港湾，史称沓磊驿，自宋至明代曾设为驿站。相传唐代建村，其地多石，因而得名“踏磊”。明《雷州府志》记载：“官府为适应军事、行政管理的需要，在徐闻县境内的英利和沓磊设置驿站，用以接待过往之官员、差役。”自宋朝至明末，朝廷命官都在这里设置驿站，这里也就成了雷琼海上交通要津，当然也成了历代过海的达官贵人、迁客骚人的必经之地。

据说明代大戏剧家、诗人汤显祖曾到白沙湾泛舟行吟，作《白沙湾口出杏磊》诗：

东望何须万里沙，南溟初此泛灵槎。
不堪衣带飞寒色，蹴浪兼天吐石花。

这位初次泛舟南溟的诗人，对白沙湾的银滩美色叹为观止，而泛舟南海，观望天地间的那种惊喜则洋溢于字里行间！

昨晚，我在灯火阑珊中心游万仞；酣梦中我又追随着衣袂飘飘的汤显祖领略了白沙泛舟、行吟海岸的无穷乐趣。

今早起来，放眼海面，全是迷茫。昨晚那奇幻柔美的海，现在是一片灰白。海天一色，云水一体，分不清哪是海，哪是天，哪是云，哪是水。只有近处小洲上的绰绰树影和偶尔游动的渔船，能看到一个模糊轮廓。朦胧中，那树影不在洲上，而是在氤氲的水汽里；那一叶小舟也不在水面上，而是漂浮在迷蒙的云雾中，像是这水墨画上淡淡的一抹。

当水雾渐渐淡去，海天渐渐清朗，白沙湾的风采倒是尽显无遗了。这白沙湾的沙滩，真是名副其实，宛如一方银白的纱绸，成了波清浪静的大海的一条纱巾，相携着木麻黄林一起在晨光中炫彩，在海风中飘飞，一起飘向远处，与云天交融交汇。而沙洲上的椰林则默默呼应，椰影在空中招摇，守望着、目送着轻柔的沙滩和彩色的树影飘向远方。

这里确实很美。朝晖夕阴下，幻化出不同的美景；阴晴变化中，呈现出别样的风光。

古往今来的墨客文人，留下了万千别样的感受与感叹。千百年来，这里的渔民经营着这片湛蓝的大海，这里的农夫耕耘着海边这片热烈的红土地，创造过和正在创造着无数的传奇和故事。

这里还曾是珠江电影制片厂的外景地，电影《胜利在望》《过埠新娘》《椰林曲》等曾在此取景拍摄。可见这里确实美，而且不是“养在深闺人未识”的幽密的美！

它美得大方，美得张扬！

观赏浩渺碧波，倾听海涛渔歌，感受椰风沙韵，眺望海市蜃楼……

美景让人流连，美味让人难舍！

白沙湾，杏磊湾，其景也美，其名也美！

美的牵挂

昨天一场暴雨，呼啸而来，席卷而去。虽然我的住所“风雨不动安如山”，但我十分牵挂徐闻那片“菠萝的海”。刚从那里回来，那一幅浓墨重彩的油画，就像是挂在我的脑海里了。无情的风雨是否让这幅画褪色了、残破了？那刚刚长出来的菠萝花蕊如此娇嫩，怎经得起如此雨骤风狂？那金黄的菠萝果还能屹立于苗尖么？那直指苍天、满是荆棘的叶能否坚强地护住它的花和果？那正在曝晒、准备种植的苗被雨水浸泡后还能种植生长吗？那已翻耕精作的红土是否已变成泥浆，正“红流乱注”？

……

我不忍再想象，也不敢再想象！那里肯定已不再是我心中的那幅画了！不再是那一幅明丽、清爽的画了！

当然，不只是损坏了一幅画！果农们那无奈的眼光更是我不敢想象和面对的。记得去年台风过后的一堂课，我请学生谈近日见闻与感受时，一位徐闻籍的学生哭诉着台风肆虐后的果园情景，引得全课室一片叹息！

确实，创造美不容易！创造美好的生活更不容易！

飞越海峡

飞机在白云机场的跑道上迟疑了一阵子，终于穿云破雾，升到了蓝天与白云之间。

蓝天在头顶，在远处。蓝得莹莹的，很纯净。白云在脚下，在机翼下面，如雪原，柔柔的，柔得上面的蓝天也变柔了。白云下面还是蓝天，从雪堆与雪堆的缝隙中显露出来，蓝得更绵，更柔。阳光下，云层间的云朵高耸处更加白洁，更加耀眼。云层的低薄处倒是很清凉，很软和，很有一种“阴晴众壑殊”的立体美感。古人没有坐过飞机，不知他们坐在飞机上看此情此景时，将会吟诵出怎样的诗句来。

飞机是飞往台湾的，期盼了半个多世纪的寻梦之旅就这样启航了。

儿时高喊着“解放台湾”的口号，梦想着有一天越过台湾海峡，至于怎样越过倒是没想过，只是想去与台湾同胞共庆解放。因为已经错过了与共和国共庆新生的机会，所以特别期待这样一次机会。

再后来，我们渴望“三通”，渴望两岸和平，渴望两岸自由行。

不经意间，我有这样一个机会，去台湾与学界同行做学术交流。

机翼下，终于消散了云层，看得见临岸的几个小岛了。像小鸡，又像小羊带着更小的羊。终于分清了天之蓝与海之蓝。刚才还怕错过了观赏海峡的机会，其实，此时此刻，海天是一样的蓝色。几缕白云漂浮在海天之间，帮我确定了自己的位置，要不然我真的无法确定自己是飞行在蓝天之下，还是游弋在大海之上。

悠悠地，不经意间，不见了岛屿，机翼下是一片纯粹的蓝。应该已飞临海峡上空了。我很庆幸，庆幸见证了自己飞越海峡的过程。但过了不到五分钟，飞机遇到了一股气流，又飞进了一片云雾中，一片迷蒙，一片混沌。我只能想象着自己在飞快地接近台湾岛了。

又过了二十多分钟，飞机终于穿过气流，回到了碧海蓝天之间。乘务员报告，大概在十三点四十分抵达桃源机场。但天公不作美，机翼上下，仍然是云雾缭绕。

当我们终于看见台湾岛，即将抵达桃源机场时，天空却是浓云密布，似乎真的需要拨云排雾。

下得飞机，听来迎接我们的台湾朋友说，连日来，台湾一直阴雨，即所谓的“梅子黄时雨”。

2012 年 4 月 29 日

五、梅州纪行

“天池”不可掬

一大早赶飞机，忙忙乱乱直到飞机进入云端，紧张的情绪才放松。

一放松，人似乎也随着飞机飞升起来，漂浮起来。

哦，不是似乎，而是确实。

窗外那游丝般的云翳，迎面飘来。我虽不是长袂飘飘，却幻觉般伴着云丝在飘。此时，一切世俗的思考，包括刚才还是很在乎的飞机起飞时间，因天气预报说寒流将至而赶紧带上的几件冬衣，一路上赶着上班、上学的人们……都已离我很遥远！

倏忽间，飞进了一片海，一片云海。海上雪浪鳞次，还掀起一道道浪峰，可惜没有冲浪的弄潮儿。

想起夏日在龙海天的“冲浪”来：浪头来了，纵身一跃，越过浪峰，然后再跃起，很兴奋。很想此时此刻也来纵身一跃，幸好有机窗阻隔着；当然还有机翼下，雪浪缝隙间那空灵的蓝，那无底无限的蓝，提醒着我；还有那远天深深的蓝，蓝成一线，蓝成一片，蓝底上的白色氤氲之气，也在提醒我。

很想在缥缈无际的云海中就这样飞，这样飘，这样游走，这样如梦如幻！

不到九点，我的梦就醒了。飞机降落在了白云机场。此时天上的白云已在我头顶上，而机场“白云”已在我脚下。

十点三十分，我登上了一架小飞机，再次直插云天。再往北，往梅州。这小飞机不错，它没有飞得那么高，不在云海之上，而是穿梭在云海中间，机翼下只有偶尔的云絮飘飞。漂亮的千形万状的云朵永远是在我的远方。前方，视野下方是隐隐约约的山水田园。越往北，下方视线越开阔。

远处，青山苍苍，云海茫茫，由近而远，由苍而茫。更远处，则分不清云和山，天与地，一片浑然茫然。而眼下却是山岭清晰，田畴明朗，房舍俨然，道路蜿蜒。偶尔还看得见几个山顶上的“天池”，翡翠明珠一般。飞机是贴着山顶轻盈掠过，真想伸手掬一捧“天池”水。

然而“天池”不可掬，美景不常有。转瞬间，飞机轰隆着地。摩擦声又把我带回地面。坐地半日间，行程两千里，我已站在梅州的地面上。

2008 年 11 月 26 日

东山中学

11 点 10 分落地，就有学生在地面迎候。

八年前那位稚气未脱的小伙子，如今已磨砺成而立之年的男子汉，更威风，更成熟，差点认不出。他开着自家新车，送我放下行李后，带上他柔美秀丽的妻子，一起来到梅江边的一个农家餐馆的一条小木船上。

一色的木桌、木椅、木器皿，粗犷而朴实。吃了一顿地道的农家饭——白龙鱼、酿豆腐等地道的梅州菜肴。小船下荡漾的碧波伴着红红的葡萄酒，一起醉人。船舱外岸边几丛青竹，疏疏的几棵木瓜树，掩映在绿树丛中的几栋农舍，平添几分安宁与温馨。

对岸是一脉山峰，不是很险峻，却很柔和。对视处，山形就像一个隶书的“人”字，峰顶就正对着我的视野，山势则依左右两边温和流走，一如我殷勤的学生，刚柔有致，内蕴外秀。

山水秀色可餐，学生情意可餐。当然，地道的梅州风味更可餐。不知不觉中，已醉意微醺了。

倦意与醉意中，眼中飘过一片粉红，红得轻盈，红得鲜亮。学生告诉我，这就是他工作的东山中学。

东山中学是我学生的骄傲，也是梅州人的骄傲，为它百年校史，为它造就的杰出人才，为它在海内外的影响。校门是叶剑英元帅亲笔书写的，迎门是叶帅八面威风的一尊塑像。这些告诉我，这所学校与叶帅结缘很深。除叶帅从这里走出来之外，还有曾宪梓等，从这里走出了两百多位大学校长，走出一大批政要富商。

东山学子，誉满天下。

东山中学的前身是东山书院，原址就在东山学校的旁边。由于有曾宪梓等人的资助修缮，现在还很青春帅气。传统的客家建筑，不显眼、不张扬的门楼，却很有内蕴。走进去，前三进，后三进，左厢房，右厢房，七拐八弯，处处给你柳暗花明的惊喜。讲堂宽敞，学生宿舍俨然。尤其是轩昂的魁星楼，神圣而庄严，令人敬仰。据说东山中学每届新生都要来此拜先师位，登魁星楼，然后再从学院旁边的状元桥走过，这样立志定心，振奋精神，一路读完六年中学，就有了十足的精气神。东山中学的学生50%左右能上重点大学，90%左右能上大学，或许与此有关。

东山中学旁边还有一个很别致的广场，叫“院士广场”，这里篆刻着梅州籍的二十二位院士的事迹。再加上图书馆、艺术中心、汉剧院等建筑，连成一片新城，彰显着梅州的文化底蕴，也彰显着梅州的新容貌、新生机。

2008年11月26日下午

剑英公园

剑英公园所在地属梅江区三角镇，是梅州市的一块风水宝地。三角镇地处梅州市区南郊，东倚黄沙嶂高观音与梅县西阳镇交界，西临梅江，与梅县程江镇隔江相望。镇内有池塘水库二千亩，素有“鱼米之乡”的美称。有广梅汕铁路贯通，有梅县机场通航广州、深圳、香港，还有梅州大桥、宪梓大桥横跨梅江。镇内还有名胜风景泮坑，古称“泮坑寨，翠绿蜿蜒，有雄奇气，山有瀑布，峭壁千寻，雷轰雪浪”。民国时期广东省主席李汉魂题匾“梅南胜境”赞之，现又增辟泮坑水库，高山平湖，碧波荡漾。

当然，最为有名的就是剑英公园了。占地面积四十多万平方米的剑英公园，是梅州市迄今为止规模最大的一座公园。公园正门的门楼庄重气派，门楼上“剑英公园”四个字遒劲俊秀。

园内有大小两个湖泊，连成一个二十多万平方米的水域，阔远而平静。湖岸垂柳拂水，绿草茵茵。清晨，迎着旭日在岸边信步流连，很是惬意。除了温煦的阳光抚面，柔爽的湖风拂衣，还能偶尔看到水面跃起的鱼儿身影，在阳光映衬下，只见白光一闪，然后是悦耳的“哔哒”水声，迅疾消失，在水面上留下一圈涟漪铺展开去，平添几分朝气。

湖畔泊着各种游艇。岸边假山水榭，亭台楼阁，依稀点缀，很有情致。还有歌厅舞池，想必是梅州人休闲娱乐的好去处。

在剑英公园的小山坡上，有一座革命烈士纪念碑。梅县是革命老区，历次革命运动中为国捐躯者数以千计。纪念碑的正面是徐向前元帅题写的“梅县革命烈士纪念碑”九个金光闪闪的大字，玻璃钢镏铜铸成，典雅庄严。公园与英雄墓园、英雄广场相连，将一个优美的现代公园与久远辉煌的历史连接在一起，让人在轻松惬意之余，多了几分沉思与神圣。

晚上，坐着游览电瓶车，做“一江两岸”的逍遥游，也是很有意思的事情。夜幕下的梅州城更美。夜幕反衬下，蓝色的灯带可以把古老的梅州城装点得幽幽的，宛如梦境，似乎穿行在悠远的历史时空中。那璀璨的霓虹灯，把亭台楼阁、宝塔、桥梁勾勒得有形有影，有色有情。

2008 年 11 月 27 日

第二辑　如梦烟云

一、故地重游

红雨随风

十九年前的那个七月，儿子出生在这个小小的山城里。

十八年前的那个九月，儿子赤条条跟着我走出了这小山城。

今天，我又带着身高176公分、体重75公斤的儿子再次来到了这小山城。

山城是名副其实的山城，四面环山，城就在这群山环抱的小小盆地里。一条名叫巫水的河绕城而过，我们就是循着这曲曲折折的河岸走进这山城的。

山城依旧，不足五百米的街道依旧，还有清晰可见的吊脚楼依旧。一元钱可坐上三轮篷车满城转，只是两旁的商铺体面了些，堂皇了些。街道上偶尔能遇上还认识我的陌生而又熟悉的面孔。

去河对岸的小渡船不见了，河面已架起了一座宽宽大大的钢筋水泥桥，可以坐车去对岸，不用再呼来唤去地等船了。

记得当年撑船的是一个很热心、很和善的老爹。当我们走到河边时，如果那船儿停在对岸的话，只要你放开嗓子喊一声："过河啰——！"那船儿便会很快起锚，三杆两杆就撑了过来。老爹麻利得很，也热情得很。

河对岸的半山腰上坐落着这县里的著名学府——被誉为绥宁"北大"的绥宁第一中学。儿子就是在这半山腰上的橘树林旁的一座两层小楼里出生的。那是我大学毕业后来这里教书的第二年。

学校分散在大大小小的四个山包上，从宿舍到课室要走过那高高低低、弯弯曲曲的一段长长的山路。宿舍窗前，是虬枝展叶的一排桃树，早春时节，红雨随风，飘进窗来，多少次引发我怜香惜玉之情。其实，那时更多的是怜惜自己。刚入初夏，就有红红亮亮的桃儿把枝条压得低低的，站在窗内都伸手可及。前面山坡下是一片梨子树，最记得那梨是黛青色的，但甜甜的，水汪汪的，很好吃。宿舍后面是半山的橘子树，三四月间，橘树开花，白艳艳的，满山清香，直扑窗口而来。将至深秋，便满山金亮，那橘子闪闪的，在绿树丛中摇曳，很诱人。

今天，当我带着儿子再次来到这里时，已是人非物也非了。各个分散的山包已经推平整了，桃树、梨树、橘树也不知去哪里生根开花了。围绕着一个标准的田径运动场，教学楼、宿舍区等井然有序地排开。当年我们居住的宿舍已成了历史的见证，沧桑地躲在这些体面堂皇的楼群背后，默默地等待着我们深情怀念的一瞥。

2002年8月11日　湖南·绥宁·长铺

水传奇，山作秀

老屋坐落在半山腰上，面对着一个约三四里路长、一里来宽的垅。一条县级公路穿过山谷向东西延伸，上走长铺，下达江口。有一条河（实则是一条溪）弯弯曲曲地穿垅而过。砖屋、甸上、草角树三个村庄的几十座房子分散在这河的两旁。

河水是无数的山间小溪流汇集而成的，清清澈澈的，从铺满了石头的河床上欢快地流走，百折千回，跳跃时，激起白花花的浪；乖巧时，则静静地、袅袅娜娜地舞着身子飘飘逸逸地走。若是跟着它一路往前，你会发现一步一处新景致，一步一个新惊喜。

那河底的石子也是各具色泽、各具情状的，大的如牛似虎，小的像珍珠玛瑙。可观赏，可品玩。面对每一颗石子，你都可以尽情地发挥你的想象才能，或是做成一幅画，或是编排成一段故事，或是什么都不想，什么都不做，只是痴痴地看着它，捧着它，你也可以玩得忘却一切。

最让人倾情的是这山溪水，清凉甘醇，余味无穷。流到哪里，就可以在哪里喝。山里人是不会带着水壶走的，走到哪里喝到哪里，绝对不会闹肚子。家家户户都有自己的喝水井、用水井。一根长长的竹子，劈成两半，便成了一个天然渡槽，七拐八弯，从山岩缝隙里承接起那一绺细细的渗水，伴随着一路清脆的水声，滴落流转，汩汩地流进檐角下那简易的水井中。那井是舀不尽、用不竭的，但也不会满溢横流，永远是那么个水位，永远是那么活亮清澄。

金屋塘人在一处最大、最纯净的山溪口建了一个瓶装水厂，那水瓶上贴的商标叫“水传奇”。这水确实传奇。这里的山民是淳朴的，这里的生活还是原初的。人们还是过着头年年底杀猪、熏肉，一家人吃到第二年年尾的日子。这里的山民是硬朗的，老太太八十多岁还能背着一个大竹篓上山下岭打猪草，老爷子九十多岁还能健步如飞，健壮得像才过花甲之年，十几里路去赶场，来去都不肯坐车。他们唯一的奢侈就是尽情享用这传奇的水，这冬暖夏凉的传奇水。

垅的四周都是山，尤其是面对着老屋的那一脉山岭，特别高峻，横断云，竖隔天，把万里长空生生地圈定得就垅这么大，非得要仰起脖子才能看到天。这垅也就成了一个大大的井，站在这垅中，也就成了一个名副其实的井底之蛙。好在老屋在半山腰，站在屋门口看山，不必把脖子仰得酸痛，便可清晰地观赏那山形山态。

这些日子是难得的夏秋交替雨，绵绵的，蒙蒙的，不见日影。天也灰灰，山也灰灰。天也静默，山也静默，直叫人分不清哪是天，哪是山。

只有那山岚云气的流走，比衬了天，带活了山。它们时而轻悠绵白，在山腰曼舞，将山峰送上云天，显得那山好高远，好缥缈，像要远离大地尘世而飘游远去。时而又变得灰亮灰亮的，像黎明的天幕，调皮地将山峦的上半截蒙蒙地遮蔽，那峻峭的山脉居然变成了一抹温柔的丘陵，让你顿时觉得天远地阔，仿佛置身于杭州西湖。

有时那云气甚至会恶作剧似的将整个山脉严严实实地包裹起来，整个地给你一片迷茫，一片朦胧，一个不辨日夜、不辨尘世的混沌世界，如同回到了太初原始。你会虔诚地期待着再来一次盘古开天辟地的壮举，劈出一个天清地浊的澄明乾坤。

当然，最有情致的是黄昏时候，那云气氤氲地从垅中的田野间蒸腾，汇合那瓦屋上袅袅飘升的炊烟，像一群美丽的天女拖着轻盈的裙幅，悠悠地飘飞。云气越积越浓，越积越厚，渐渐地，油油稻田变得模模糊糊，屋脊飞檐也隐隐约约了。偌大的一片山山垅垅，成了琼台瑶池，天宇仙境。

这金屋塘的水呵，真真是深情重意！这金屋塘的山，也时时在作秀弄姿。

2002 年 8 月 12 日　绥宁·金屋塘·草角树

金屋塘·草角树

这是二十年中第六次来金屋塘。一样的路，一样的山，一样的黑瓦木板房。只有马路边偶尔夹杂着几栋水泥砖墙的两层或三层的小楼房，点缀着这沉重的灰黑，让人感觉到一些活力、亮色和现代气息。

这些木板房一簇簇，一丛丛，一排排，依山而建。人字形的屋顶，微微翘首的屋檐，横七竖八，檐挨着檐，脊连着脊，远远看去，像是在暮色苍茫时，或是在阴云密布、风雨将至时，海面上那扬抑起伏的深黛色的波浪，逐浪追波，凝重而又不失涵蕴与活力。

我常去这些屋檐底下走。因为往来穿行的路就在这一幢幢连接着的屋檐廊柱下。从东家到西家，从上岭到下界，都可以不湿鞋脚地穿梭自如。当然，客人们要小心，左转右拐，会让你晕头转向，找不着主人家的门。不过，即使那样也无关紧要，一家来客，全村知晓。吃饭时分，哪家都会盛情地邀请你吃饭，虽然菜肴并不丰盛，大都是就地取材，火坑上吊着的腊肉割一块，堂屋里捡食的鸡抓一只，园子里的青菜摘一把，不用看桌上摆着几菜几汤，只看见腾腾的热气。有的甚至根本就不端上饭桌，围着火坑，吃的人和做的人都齐刷刷地看着那口吊锅，熟一个菜，吃一个菜。那份执拗的情意，你是不能违抗的。如果你的衣衫布料不是很牢，还得小心别让人把衣袖给拉断了。如果你有一百个理由不留下来吃饭，那酒是非喝上几盅不可的。而且你不用害怕，哪怕你从未摸过酒杯，在这里喝上两大碗也无关紧要。这酒大都是各家自制的米酒、苞谷酒，家家都藏着好些酒。他们可以用很少的原料酿出多多的酒。用他们自己的话说，这水好，粮食好，有酒气，有酒味就过瘾了。这才是真的酒不醉人人自醉！

即使没有客人，各家各户也是全方位开放的，门对门，窗对窗。谁家炒什么菜，从气味便可辨别出来。谁家有什么事，从人们的脸色就可以看得出来。就是小两口或是老两口夜深人静时的亲热，也会被人窥见而成为公开的笑谈。

在这里，鸡犬之声相闻，却并非老死不相往来，而是时常来往，互通有无，资源共享。

初来这里，还真很不习惯。尽管家家的饭都可以吃，但一天之中，只有两次机会。这里山高垅低，天色亮得迟，太阳落得早。山民们过惯了日出而作，日落而息的日子，很少人家里有报时计点的钟。在他们看来，一日两顿饭足够了。年轻小伙子一年去广东打几个月工，但寄回来的钱并不多。工资不高，来回路费，吃吃玩玩，刚够花销。年长的在家种着几分田，刚好够一家吃。勤快的多喂几头猪，早晚种苕打猪草，再抽空砍点柴，用来煮潲做饭。至于衣服，能将就且将就，不够用了，大男人穿着老婆的花衬衣照样走村串户。日子过得不紧不慢，有板有眼，也怡然自得。看到外面有客人来，西装革履，他们投以羡慕的眼光，但他们不眼红，因为这些装束山里人用不上，做工碍事。看着那大袋小袋的新奇食物，他们很好奇，会围拢来尝尝鲜，但他们不会自卑，他们认为世上的东西是尝不尽的，一个人的胃能有多大，吃饱了就行了。

你不得不佩服他们，他们通达，他们知足！

他们还生活以本真，还生命以本真！

尽管如此，夜幕降临时，我站在老屋门口，看着垅里那一片黑压压的瓦房，心里仍然觉着一种沉重。这低低的瓦房沉沉地压抑着，压抑着这小小的垅，压抑着这古老的金屋塘、草角树，以至于这里的人懒得抬起头来看那高朗的天，懒得放开眼量看那山外的山。他们感受不到天外万象更新的朝气，更不用说去参与山外那千帆竞发的壮丽！

只有那明明灭灭的电灯光亮，如远天永恒的星光，让人觉着一种宁静与轻松。

2002 年 8 月 14 日

写在1983年3月的随笔一组

——绥宁那段难忘日子

黄昏

黄昏降临之际，我站在连绵起伏的群山之一的山顶上。山顶、山坡直至山脚，纯一色的绿，绿得深不可测，绿得阴森恐怖！

太阳落下去了，月亮还没升起来。不知是哪里吹来的风，我分不清东西南北了。我想望北方。北方！遥远的北方！找不到北斗星！陪着我长大的北斗星也找不到了！是星星还没上来，还是被云遮住了？呵！是还不到升起来的时候！

我想望望北方，但四周都是山，一山更比一山高。山隔断了我的视线！但我总在寻找，总在遥望！青山明月长相思！我知道故乡何处！故乡可知道我正登高处？

黄昏，又是一个黄昏！暝色模糊了我的眼睛，只有暮霭迷茫，寒风瑟瑟。寒山一带伤心碧，宿鸟归飞急，何处是归程？

3日12日

天黑了

天黑了，灯还没亮。

天黑了，桃花还是红的，梨花还是白的，菜花还是黄的！

还在那里乱开，风摇不落，夜幕遮不住！

天黑了，灯亮了。红的不红了，白的不白了，黄的不黄了，都是灰色的。树也不绿了，菜也不绿了，草也不绿了，都是黑色。

房子里是亮的。

一堆堆的作业本，一叠叠的书。

对着镜子，看得见眼睛、脸，看得见自己，看得见现在。

走到窗前，拿开镜子，什么也看不见了！

前面是黑暗，后面是光明！

闭上眼睛，看得更清：过去，现在。只是看不清前面。

3 月 18 日

世上……

世上好心人居多，善良人居多。居心不良的人毕竟是少数，极少数。

但多数的好心人只能办小小的好事。尽管好事很多，却是小事，无济于事的。少数坏心眼的人却能办大坏事。虽然有时是好心办坏事，但终究是坏事，不能因为是好心而把坏事说好。当然，存心办坏事，存心欺负人、害人的人，更不能姑息！也不能忘记！尽管你暂时还无能为力，但记住的权利不能放弃。

人总是有精神的，有骨气的！记住了就好。

人如果断了骨头伤了心，轻轻地抚摸是没有用的，只会使人更痛！

所以，办小的好事的人——对我来说——有不如无。

3 月 21 日

小花

蒙蒙的雨，蒙蒙的雨中蒙蒙的山。脚下的山，眼前的山，远处的山，都在有无中。

阵阵细雨飘过，密密的雨雾将山裹成了灰色。

——天、山、河、街道、树木、不知名的小花，都在雨雾中。

尤其是这小花，刚刚熬过寒冬，欢欣雀跃地迎接这迟来的春，绽开可爱的笑脸，尽情地在风中摇曳，为这大自然的春光点缀你仅有的一点红色。你虽然小得可怜，但你心意虔诚；你虽然红得浅淡，但已竭尽所能。

你或许并不想与万花争奇斗艳，更不说独出奇葩，而只想默默地开放，不想引来惜花者的欣赏、爱花者的采摘。所以，你开得很小心，很谨慎！

你或许并不想红得发紫，也不想淡得雪白，所以，春风也不能把你吹得更红，春雨也不能将你洗得更白！

你朴实、本能地开！

呵，可怜的不知名的小花！

3 月 24 日

落了——

窗前的两树桃花落了!

三天前，她们终于迟疑地、谨慎地开了，在别的桃花、梨花开了之后。是恐惧轻佻的春风？害怕无情的春雨？反正是明丽的春阳催了她们好些天，她们才悄悄地开的。

尽管她们开得小心，但开得高兴，开得真心实意！没有辜负温暖的阳光。不是吗？一夜之间满树红遍，朵朵怒放。开得那么坦然，开得那么实在！她们把整个的春心，全部光华，所有鲜美，毫无保留地交给了春阳！

然而，三天之后——仅仅三天，一股寒流，一阵东风，把她们吹得满天乱飞，满地乱翻。窗台上，水沟里，菜畦间，小路上……

接着潇潇春雨把她们打入泥土里，冲入溪流中……

呵！桃花，你怕得有理！

3 月 26 日

演员

演员是虚伪的。他给观众看的是化了妆、涂了颜色的假面。

然而，他是美的。

因为观众都说：“演员真漂亮！”

演员是虚伪的。他假情假意，佯哭佯笑，丝毫不流露自己的真情实感，说出自己想说的真心话。

然而，他是真实的。

因为观众都说：“演得真像！演得真好！”

3 月 27 日

生活

生活很甜蜜，生活很快乐！真让人满足，乐不思蜀！

生活多无聊、多空虚，无聊得让人害怕，无聊得让人如坐针毡！

这感觉虽然同时存在，但并不矛盾。生活是复杂的、矛盾的。

站在这边看不见那边，或站在那边看不见这边，一如眼前这山。在山底下开采出来的是矿石，在山坡上扯到的是草，树上摘下来的是果，在山顶上能领略无限风光。各取所需。

如果爬山，山脚下平坦舒服，如果在半山腰止步，既得不到好的休息，也难极目远眺，享受“会当凌绝顶”的快意。如果想如履平地，盘旋上山，或许能在黄昏时登上山顶，看日落西山，暮色苍茫；如果能披荆斩棘，攀缘而上，或许能赶上日上中天，拥长风入怀，一览众山小，并且还来得及回望来路，暗自得意！

当然，这要流汗，甚至流血！

3 月 28 日

流水

清清的河水，无忧无虑，无牵无挂，悠悠地流，悠悠地走——

我跟着水流，迷迷蒙蒙，恍恍惚惚，悠悠地走，悠悠地流——

水流向哪里？我去向哪里？水为什么流？我为什么走？

流水默然。我怆然！

流水默然无语。我怆然心伤！

是水在陪我走？是我在伴水流？

水呵！你是入洞庭，还是汇资水？无论如何，你有你的归宿。你可知道我将归于何处？宿在何方？

飘零千里，备受风雨，意欲何为？

不如随水流去，还可入洞庭！

心随流水去，身倚山径斜！

3 月 29 日

二、师心如酒

聚合离分时

中文系96级本科2班的65位同学即将毕业，告别母校。他们难舍难离。他们难忘恩师，难舍学友。

广东梅州的钟岸秋同学因父亲病重，要提前赶回家，一天之内，三次来向我道别："您给我的教诲我一生都忘不了，真的不想离开您，哪怕是多留一天……"

将要回四川的汪利民同学说："老师，让我单独和您照张相吧，就像您的儿子那样……"

6月27日晚，全年级同学一起举行毕业晚会，2班的同学却不肯去唱歌跳舞，只是围着我一次又一次地敬酒、干杯，泪水和着酒水一起豪饮！

6月28日晚，全班同学又相约来到我家，照相、话别。

把一首《送别》唱了一遍又一遍，把他们自己作词作曲的女声小合唱《烛光小夜曲》专门表演给我看。小合唱变成了大合唱，久久地在夜空中回荡——

直至深夜，这些将为人师的大孩子们却如小鸟依人，又似儿女绕膝，迟迟不肯离去……

情难舍，意难别。我更是激情难抑。

“执手相看泪眼，竟无语凝噎！”

聚合离分，情何以堪！

师生相聚是缘，而缘深缘浅则在乎情。

看着这一张张熟识的脸庞，沉吟默念，作《颂名赋别》，将全班65个名字嵌入文中——

今夜星光灿烂，各位学子即将走出“山门”，老师“沙场”再点兵：

明晨早起，又将是一个红霞满天、文霞似锦、人人喜爱的黎明。在座各位又将踏上新征程。

而今夜却是一个不眠之夜：群英聚会，翠芳艳姝，不是春宵而胜春宵。个个心潮如春海，新颖浩荡；钟菊彩芹，冰清玉洁；木梅素梅，皆为艳梅，倩影晶莹。无论冬（东）立良苑，还是岸秋奇葩，总是郁郁青（庆）青，伟琦伟玲。

值此天晏海清、国泰民安之时，金色华年、韶华如金之际，无论明日是在国之东，还是海之涯，为师坚信：尔等仍将敏而好文，善聪德玲，如海燕、海鸥之英勇，敢竞争搏击，敢卓越超群！或是小眉月姬，晓娟晓韵；或是仗剑允武，敬华颂华，都将成为国之柱石，民之瑞恩！

张维利民，是谭政之道；炉（卢）熔古今，登学艺峰巅。

克己（基）为（薇）佳，可为宏玲莉琼；潘燕立飞，便成鸿鹄展翅。文娟祖玉，苑莎少萍，培松竹，育桃李，皆旷（邝）世英嫦，湛师精英！

幸甚至哉，为师为徒！师心如酒，赋此壮行！

（带点字为学生名）

遭遇强台风

96中本2班是一个非常优秀的群体。情，是连接这个群体的纽带，而这纽带的端点就握在身为一班之主的班主任——我的手中。我要真情投入，聚沙成塔，把来自中南六省的65位学子组建成一个温暖的家，将这家中的每一位成员的喜怒哀乐、饥渴冷暖牵挂在心。

我并非临危受命，却也惊心动魄。1996年9月9日，新生入学的第三天，一场百年不遇的强台风横扫粤西，霎时间，狂风肆虐，暴雨倾盆，玻璃瓦片横飞乱卷，断树残枝铺天盖地，停泊的小车被掀翻，固定的篮球架移了位，在港口码头的龙门吊车都被掀到海里去了……

被困在7层楼上的女同学们只觉得地撼楼摇，吓破了胆。

停电，断水，缺粮……

而我在这时候来到宿舍，给她们带去了水和饼干。

乱作一团的同学们见到我，惊喜万分，抱着我大哭："老师，我们好怕！我们好想家！"我的出现，使她们很快平静了下来。

我们一起冷静地加固门窗，抵挡风雨。

其实，他们虽然是大学生，但仍然是孩子。

老师之于学生，如此重要！

我别无选择，只能留下来照顾学生，到一间一间宿舍查看，给一个个学生送去安慰，直到风停雨住……

播撒情爱

台风过后，也并非总是万里晴空。偌大一群孩子，常常有意想不到的事出现。

湖北的黄祖玉同学家境困难，她为了省钱，天天不吃早餐。我知道后马上拿出150元钱给班长，要她督促黄祖玉吃早餐。

1997年4月，何伟琦同学患急性阑尾炎，须马上住院做手术，而又一时无法与其家长联系。我当即拿出1 200元钱，送他住院。当晚陪护到深夜，守候着直到做完手术后才离开，并为他煲汤送饭，买营养品，安排同学轮流陪护。在出院后的一个多月的疗养恢复期里，何伟琦一直住在学校，由我和同学们照顾他的生活，安排同学为他补习功课。如此治病养病，他竟然没有落下一门功课。何伟琦的父亲非常感激，说："来到这样的学校，这样的班集体，我儿子真是三生有幸！我们全家人一辈子都忘不了！"何伟琦对我说："受到老师、同学关爱的感觉真好，我一定会加倍地回报给我未来的学生，回报给社会。"

毕业晚会上，健康活泼的庞克基同学端着酒杯来到我跟前，深情地说："老师，是您救了我！大恩不言谢，我敬您一杯！"

此言虽重，但确是如此。

1998年上学期，庞克基同学出现心理异常现象，常常幻想出有人非礼她的状况，而她自己不能明察，非常痛苦。弄得她一些不明真相的朋友闹到了院长办公室。我多次找她长谈细谈，都无明显效果。系里有的领导和老师建议让她休学或者退学。我实在不想这样做，这样很可能就会毁掉一个人。于是，我一方面安排同学随时关注她，观察她的行动、心理的变化，并防止意外；另一方面，自己则一直在研究捉摸，并专门请教有关的心理研究专家，多次与其家长联系，多方了解她的心性特点，寻求解救的办法。

一天晚上，庞克基给我来电话，说有一不相识的男子在窥视她。我当即来到她所在的自修室外面，守着她晚自习，直到十点半她从自修室出来。

我告诉她："我一直站在外面，没有发现你所说的那个人。"

她非常感动，抱着我，热泪盈眶："老师，你好辛苦！都是我不好！"

我趁机陪她散步，开导她，指出刚才发生的一切只是她的一种幻觉，在事实面前，终于使她承认了自己的心理异常现象。然后劝导她求医求药，积极治疗，并与她商定去找心理医生和研究心理学的老师，引导她应该看哪些有关的书籍，一直谈到深夜。经过不懈的努力，终于使她恢复了正常。后来她还愿意现身说法，去劝导别的有心理障碍的同学。

1998 年夏季，一场特大洪水由南到北，毁灭了无数的家园，那声势浩大的抗洪救灾活动牵动着亿万中华儿女的心。来自湖南、湖北重灾区的黄祖玉、王冰、任群英亲历亲睹了这场生与死的搏斗。我敏锐地抓住这个契机，让他们给同学们做"灾区见闻报告”，激发同学们的同胞情、关爱心，号召同学们为灾区人民捐款捐物，并自己带头，多次捐款。在她们的带领下，同学们纷纷解囊，有的50元，有的100元，一次共捐了3 000多元。

这种种情事，于我释然。而年轻学子，总难忘怀。他们亲切地称我为“妈妈”！“妈妈”心，确也温暖了65颗心，65个兄弟姐妹在爱的感召下、情的浸染中，学会了爱，他们互助互爱，携手并肩，走过了一千多个日日夜夜，创造了许多友爱佳话、学业辉煌。

更令人欣喜的是，他们即将起程，开始新的人生，他们将把爱的种子播散到四面八方。

“十品”之外的“官心”

班主任虽然官在“十品”之外，我的心却想造福四方。

大学生的班主任不是一个“妈妈”的角色可以涵盖得了、替代得了的，她还必须是这个班的主帅，是每一位学子学业上、人生道路上的导师。多年来，我努力地扮演这样一个角色，把这无品无级别的“官”当作官来做。

有学生问我：“面对社会上、单位上许许多多的污浊、卑劣的人和事，我该怎么办？”

我说：“首先是你自己站正，站稳，不同流合污。历史演进中总是泥沙俱下，但正义始终是主流；社会发展总是鱼龙混杂，但美善始终是中坚。大学生是青少年中的优秀分子，国家栋梁，民族精英，每一个人都是万里长城的一节城垛，歪不得，塌不得。”

还有学生问：“现在很多地方的中小学生无心向学，当老师的意义、价值何在？我们该怎么办？”

我告诉他：“这全在于你自己。给你一个班，你就在这个班营造一种向学的气氛；给你一间学校，你努力创建一间人人向学的学校；给你掌管一方教育，你就造福一方。千万个这样的你，就能如春风化雨，开创社会教育的新局面。”

当然，要想真正让学生将来能站得正、站得稳，能造福一方，并非易事。我深知自己责任重大，带师范生不比带别的大学生，师范生的成才与否，不止关系到一个人、一个家庭，而是事关万千学子、百年大计的。尤其是中文系的师范生，无论他提笔做文，还是执鞭授业，都将是人类灵魂的工程师。“文如其人”，师为表率。

为人师者，自当认定：教做人与教做学问，责任千钧，不可偏废。

构筑“金字塔”

重任在肩，岂容半点疏懒。

励精图治，谋划方略。

在湛江师范学院，上上下下都知道我这小小班主任的“金字塔”构想：

“以帅将将，以将将兵，将大学生学习的个人行为融合为群体行为，将个别优秀生的个体优势变成群体优势，让全班同学在学习中学做人，以求德智双丰收。”

96中本2班组班之初，我一次次参加那些别开生面的见面会、联欢会、班会，与一个个同学聊天，审视默察，找准了几位品学兼优的学生做主要班团干部，集中精力培养他们。以悼念邓小平、怀念周恩来等活动为契机，引导学生追思伟人，探讨人生，掂量肩上的重任，达成服务社会、服务群体、服务他人的共识，确立好自己的人生坐标，并树旗定向，激发起他们的工作热情、学习热情和生活热情。同时定则定规，让他们能依据一定的行为规范来塑造自我，率先垂范，形成权威。并适时调整，果断地扶正祛邪，始终保持这“塔尖”的先进性和高素质，从而产生了很强的凝聚力和向心力，促成了讲正气、讲团结、讲学习的良好班风的形成。

接着以好班风促成好学风。我以英语过级这样的学习硬指标为突破口，让英语很好的同学作帅旗，将他们所在的宿舍作为前沿阵地，在大一就率先冲刺四级。成功以后，我一边给予表彰，鼓励他们继续向六级冲刺，一边安排他们组建辅导小组和英语兴趣小组，制订活动计划，并请他们介绍学习经验体会，给同学上辅导课，带领一批基础较好的同学在大二上学期提前过六级。然后以这批人为中坚，将全班同学分成 7 个小组，指定一帮一、一带二或一带三，在全班形成一种比学赶帮超、整体向上的“金字塔”阵势。到大三时，我又根据学生的具体情况，组建“考研”学习小组，向更高的目标冲击。在这批尖子生的带领下，全班同学谁也不甘平庸，我细心地帮助他们各自定位，有专注于某学科深入研究的；有如痴如醉写诗作文、编写戏剧的；有热衷于办报办刊，写新闻、通讯的……

这样，上游同学的无私奉献精神和令人企羡的学业成就极大地鼓舞了全班同学，既形成了好班风，又促成了好学风。学习上的个体优势变成了群体优势，在做人与做学问两方面都教育了学生。全班的英语四级、六级通过率都在全院名列前茅。综合测评成绩和学科成绩在系同年级中占有明显优势。

就在这样的学习过程中，一批堪称道德楷模、学业表率的优秀人才脱颖而出。刘竞曾荣获“广东省三好学生”“广东省优秀大学生”称号，还被评为“南粤优秀师范生”；李伟玲、任群英等被评为“南粤优秀师范生”；庞海燕等 20 多人次获院“优秀党员”“优秀学生干部”“优秀团员”“三好学生”等光荣称号；20 多人次获国家级、省级各项奖励。

人尽其才

构筑金字塔，塔基更重要。

全班的每一位同学，都是天生其材，必有其用。更何况是跨入了大学校门的青年学子！在我看来，所谓大学，就是一群聪明的孩子聚集在一起，互相学习，互相启发，共同进步而又各显其能的地方。

大学里，不能让班上有一个同学卑微地生活在别人的阴影中。

每学期开学初，都有一次别具一格的班级表彰会。上台领奖的有英语刚过级的，有学习成绩排名前几位的，有综合测评居前的，有公开发表文章的，有校运会上获名次的……

因材施教，同学生研究如何寻找机会充分展示自己的才华。常常采取“招标”方式物色主持班团活动，出班刊、墙报的人选；采用“毛遂自荐”或他人推荐的方式聘任班团干部，借此发现人才，培养人才。

注重个性发展，让学生人尽其才，各显风流。

所以，我们班上能者多，强者多。有同学的摄影作品多次获省、市级奖项；有的曾获省英语竞赛二等奖；还有同学一直做院报主编，写的通讯曾获全国地方职业院校校报第二届好新闻评比二等奖和省级奖；一部分同学自编自演的文艺小品被选送到全省巡回演出并获奖；多位同学的文学作品在省市级报刊公开发表；同学们表演的话剧多次在社会上公开演出，获得湛江市多个奖项……

96级中文系本科2班成了明星班。1999年被评为“广东省先进班集体标兵”，1998年、1999年分别获湛江师范学院“先进标兵班”“良好学风典型班”称号……

几年班主任，甘苦寸心知。

孟子说的好：“得天下英才而教之，不亦乐乎？”

四年等一回

正值阳春三月。

下课铃响，我收拾教案刚走出课室，就被一阵欢呼声震撼，随即是一大捧玫瑰花占据了我全部视野，摆脱玫瑰花的遮挡，才看清包围着我的张张笑脸，全是我们班的一群大孩子。七嘴八舌之间，我终于明白：他们精心策划这一幕，为的是要给我一个惊喜；这是他们班全体同学在大学期间同我过的最后一个“三八”节，一定要让我过得终生难忘，也要让他们永生不忘。

看到我一脸的惊讶，一脸的幸福，他们开心得不得了，一个个孩子似地簇拥着我，在雷阳区长长的林荫大道上，招摇走过。

西下的太阳，金黄金黄的，辉映着满天的云霞，变幻着各种形状和色彩，把脚下那黄绿相间的彩砖路涂抹得更加浓墨重彩。路旁两排阔叶榕和棕榈树的影子也被拉得老长老长，让人觉得那路也梦幻般地好长好长。那一溜排列的八个篮球场上活跃着的无数身影霎时定格，路上来来往往的无数双企羡与惊异的目光一起齐刷刷射向我，射向我手中那 66 朵玫瑰构成的大花束。我平生第一次感到浑身不自在，梦游似地回到燕岭区的家。

进门一声山呼：“老师节日快乐！”

地动楼摇！

我目瞪口呆，客厅、餐厅，“人山人海”；厨房里热气腾腾，人来盆往。60多人聚集在这里唱歌、聊天、吃饺子，“乱”作一屋。

真担心地陷楼塌!

然而，“众怒难犯”，群情难抑。我无言以对！只有老老实实地听凭他们“摆布”，老老实实地张开嘴，接住他们送过来的饺子、汤圆、香蕉、葡萄……

老老实实地被他们拉过来，拉过去，左摆弄，右摆弄，接受闪光灯的一次次洗礼……

我说：“今天是不是愚人节?”

他们说：“不是。只是因为平常都是我们听您的话，今天想要您让我们指挥一回，体会一下听话的感觉。”

是的，四年来，我一直在告诉他们该做什么，该怎么做。

四年来，眼看着一个个稚嫩的脸庞渐渐变得棱角分明，写满成熟。

今天，他们长大了，懂事了，知道该怎样感谢老师、报答老师了。

我何不乐得让他们“摆布”，让他们尽心尽情地表现一回呢?

当老师，图什么?就是这样一种感觉!

哪怕是四年等一回，千年等一回，也值!

2000年3月8日

劝君留下一杯酒

这些天来，心绪不宁，老是觉得心里空空荡荡的。

他们要走了。这一走，各散四方，再也没有65个人齐齐整整坐在教室里听我讲课，听我训话的可能了！

再也没有乱哄哄地挤在我家里端起盘子吃、拿起话筒唱的场面了。

四年来，看着一个个中学生长成了大学生，长成了老师模样。而今一别，再见时不知会是啥模样？

从今以后，他们的心酸冷暖向谁说？疑难困苦去问谁？

摆不脱的牵挂、放不下的担心、受不了的离别……

然而，时间无情，该来的还是来了。

毕业酒会就在今天晚上！

今天，整个儿像是魂不守舍。下午，坐在写字台前，想拟一个酒会上的说话提纲。久久，久久，无从下笔。突然，灵机一动，将全班65位同学的姓名嵌进赋中，借以寄意写情，作临别赠言。于是，挥笔一蹴而就，作成《颂名赋别》。

晚会的情景却是我怎样都没有想到的。全年级130多人聚集一堂，还有领导、老师几十人，唱歌、跳舞、小品、朗诵……鸡翅膀、鸭爪，外加香蕉、啤酒、葡萄干……

甜酸苦涩千般味，说不出什么味！

歌声叫声音乐声，声声震耳欲聋！

但就是在这样的场景中，我们班的同学却围着我敬酒惜别话衷肠，泪水和着酒水一起豪饮。四年来的感触、此时此刻的心境、未来的憧憬……贴着我的耳边说，大声地说，连嗓子都沙哑了，还要说。善聪一连喝下二十多杯啤酒，杯杯都说是敬老师，四年教诲，四年信任，生活上的关怀，就业时的指点，爱情上的帮助……

大倩这位男子汉，平日里很少言语，今晚的话特多，我走到哪，他端着酒杯跟到哪，说："老师，千言万语归结为一句话，我们非常敬重您！您和您的家庭永远是我们学习的楷模，钦慕的典范！"

柱石、郁庆、立飞，都是沉默如金的腼腆男孩，只知道一次次地举杯，反反复复地说一句："老师，一切尽在不言中！"

那些即将奔赴外地工作、学习的同学一再承诺："老师，当我混出个样子后，一定回来看你！"

"不！混不混出个样儿，我都会回来看你。"

有的则拜托近处的同学，叫他们"常回家看看"。有的还说三五年后，要一个变三个，带着全家来，让我多准备"利是"……

说不完的话，言不尽的情，全然忘了晚会，忘了舞池，忘了台上正在进行的一个又一个节目……

我说："留下一杯酒吧！留给我下次为你们接风洗尘！"

2000 年 6 月 22 日

今夜无眠

下午，我上街买了些水果、干果、饮料，准备给他们晚上来享用。大包小包，累得够呛。有人笑我，哪来那么大干劲，我也说不明白何以有这么大劲。

刚吃完晚饭，他们便陆陆续续地来了。说话、唱歌、照相、吃东西……个个如小鸟依人，似儿女绕膝。刘竞说：“我要和外婆、维维、刘老师、祝老师照张全家福，我都记不清吃了多少次外婆做的饭菜。”

已联系去上海工作的黄新征、谭莉琼一对，不失时机地抢过相机说：“我们离得更远，我们也要单独和老师照相。”

陈艳姝、任群英等纷纷提出如此要求，霎时间，我和刘老师成了他们照相的“道具”。

话衷肠，诉别情，千言万语说不尽。

同学们借 VCD 上的歌曲来表达自己浓浓的情意，独唱，二重唱，大合唱，一曲又一曲，唱得情深义重，唱得泪眼汪汪……

刘晓娟等六位女生提议将她们昨天晚会上表演的《烛光小夜曲》再专门表演给我看，伴随着整齐的节拍，幽幽的烛光，小合唱变成了大合唱，久久地在夜空中飘荡，飘得很远很远……

最后，我给了大家一个惊喜，每人送一份《颂名赋别》，大家欣喜若狂，拿到手上，第一个寻找的是自己的名字，然后，我念道：“今夜星光灿烂，各位学子即将走出‘山门’，老师‘沙场’再点兵，未及时应答者，罚酒一斟。”大家齐声叫：“好！”以后每点到一个名字，便是一阵欢呼，于是，欢声阵阵，直至夜深……

今夜无眠！

“举手长劳劳”

从早上八点到晚上十一点多，我都在大榕树下徘徊。

昨晚就想找善聪谈谈，很不幸的孩子，还没走出校门，就被社会上的邪风恶浪打了个人仰马翻。原本过关斩将，好端端定了佛山市区一所重点中学，是同学中独占鳌头者，我也引以为自豪。为此，小莹也特地联系去顺德。

四月间我去电白，与他俩偶然相遇同车，他们去电白小莹家。我们一路聊天，两个小时没停歇。大家都很开心，聊过去，聊将来，踌躇满志。

不料到五月中旬，突然横生枝节，所定学校受地方主管领导干涉，要另进别人，学校顶不住，又不好交代，要他再往佛山试教。明知是计，却无可奈何，眼睁睁失去良机。联系其他学校又已过时，只好返回徐闻。而小莹又已不可更改，一对鸳鸯竟然惨遭无情棒打。

这几天，一个牢骚满腹，一个泪眼婆娑，真让人心酸。

善聪性情刚烈，自尊心特强，决不肯委曲求全；小莹胆小柔弱，很难自立自强。真担心他们！

临走时，想说几句勉励的话，不想昨晚始终没找到机会，今天早早地赶来送行，不料他们早已起程。好在下午他一到徐闻就给我来电话。电话这头的我本想好好安慰他，却抑制不了自己，先为他酸楚起来，弄得电话那头泣不成声。

茂名方向的车，是十点发出的，春海也是很伤感的，只是他不像善聪那样刚烈。他本联系去江门市党校，双方都很满意，于是伟玲便去中山一中，争取两人靠近。不料春海最终没去成，只得回高州，后定在茂名实验中学。也是天各一方，说不尽的惆怅。只是伟玲自立自强，男子气概颇足，有泪不肯轻弹，说一句“来日方长，等待机会吧！”便各自起程了。

其实伟玲走得并不轻松，她是晚上九点多动身的，她的位置在高高的双层车上铺，她本想强作欢颜，“高高兴兴”地离别的，可是一次次握手，一次次道别后，车老是没启动，她再也忍受不了了，索性把车窗关起，趴在铺位上痛哭起来。从车窗外看她那起伏抽泣的身影，怎能不心疼！

阳江的车停在车库前面，我往来于停车坪与榕树下，唯恐错过车子启动的一霎那。英勇、郁庆、月姬等都在这趟车上。英勇忙上忙下，眼睛红肿肿的，我不敢正视，我不想把这送别的场面搞得悲悲戚戚，便和其他送别的同学一起故意聊些轻松的话题。郁庆生性沉静，只是定定地看着我，看得我心慌心乱，我的心理防线在渐渐松动起来，快抵挡不住了。就在这时，一向沉默寡言的月姬猛然扑向我怀里，哭着说：“老师，出去了要独立工作，我好害怕！”她的基础不是很好，一直很自卑，我曾多次找她谈，帮她，鼓励她，她不善表达，心里的依赖却表露得很明白。此时此刻，我对她怜爱与牵挂再也抑制不住了，抱着她，连安慰的话也说不出来。结果，杨、梁等也都围了上来，我再也守不住不流泪的防线了。众目睽睽之下，师生无拘无束的一场哭别，一直延续到车子启动。

三、人生纠结时

在儿子高考的日子里——

企盼了十八年的高考终于来临了。

这些天来，无一日不谈高考，无一刻不在想着高考，也无时无刻不在想象着高考。常常想催促孩子，又怕给他心理压力，而这孩子也实在是很难让人放得下心，只有暗自着急，怎么也摆脱不了。也许是我们对孩子的期望值过高了些。其实孩子并非不懂事，并非没有追求，也并非不刻苦，恰恰相反，他有执着的理想追求，很能和自己较劲。他不听劝说，舍弃了轻易能成功的外语专业，执意学并无优势可言的数学和化学，勇敢地朝他的"生命科学"迈进，这已经是很了不起的决定了。从这一点上讲，他比我们有出息，至少比我们强。而且他也很努力，只是表面上装着很随意的样子罢了。如果真是完全不"上劲"，哪来的这样稳定的成绩呢？只是因为他头脑比较聪明，不像别的孩子那样坐得住，总让人觉得他浪费了许多时间，忍不住老是想提醒他，催促他。好在他心性好，不愠不火，随你唠叨去。

前些天他不慎病了一场，高烧不退，老毛病，扁桃体发炎。十来天没能摸书，真让人急上了火！然而，上火归上火，无奈归无奈。只有暗自庆幸，并安慰他，幸亏还没到高考。可能他也是累了，也乐得休息几天，竟然从此不再紧张，我们也更不敢催逼。这样两个礼拜下来，倒是精神了许多，心绪也不错。7月2日，台风“榴梿”在东海岛登陆，十二级狂风裹挟着暴雨肆虐了十多个小时，随之而来的是连日风雨，直至昨晚，仍然是风紧雨骤。雨点打在遮雨铁皮上，嘭嘭直响，如黄钟奏响，瓦釜齐鸣，惊吓得我们胆战心惊。而他居然像往常一样，睡得呼呼鼾响，与檐外轰响彼此呼应交汇，听来如同美妙音乐，让人心旷神怡。果然今早起床，状态不错，心中窃喜。待千叮咛、万嘱咐一番之后，送他下楼时，窗外仍然是暴雨倾泻。正愁不知如何是好时，有一的士飘然而来，停在楼口，真是上天相助！目送他们父子俩乘奔御风，穿雨而去，觉得好轻松，好惬意！

原本想象难以打发的时光，居然在莫名的欣喜中悄然过去。刚把饭菜备好，他便欣然归来了，进门便喊：“妈，高考就是这样子，我一点都不怕。”有经验的人告诫我，千万不要问孩子考得怎样，但孩子却不待我问，便欣然大谈特谈起来，从第一个选择题，到作文的最后一句话，一一道来，俨然奇迹已经诞生！我虽然深知错误在所难免，绝不会如他所设想的那么完美，但我绝不想浇凉水，而是附和着他，以保持这种好心境。不过，确实是发挥不错，没有以往的粗疏大意。尤其是古文阅读、现代文阅读与古诗鉴赏，居然没有错，这是很值得庆幸的。

下午让他好好睡了一觉，晚饭后陪他散步、聊天。晚上又陪他很轻松、潇洒地欣赏了一场温布尔顿网球赛的女单半决赛之后，看着他安然入睡。

2001 年 7 月 7 日

今天考数学。这是维维的弱项，所以他有点底气不足。其实我也是为他捏着一把汗。但早上出门时，我还是一再宽慰他，不要怕，也不要有压力，相信自己，只要细心，把能做出来的题努力做出来就是最大的成功。

不料中午回来，他却欢天喜地，说数学并没有想象的那么难，虽然最后一道大题没做出来，但前面没把握的题很少。他爸听了很开心，我却暗自思忖，孩子是按自己的理解，自己的思路来解题的，自然发现不了错处。就他的水平，不会有如此佳绩。但我不愿说出我的担心，我希望孩子能保有这种好心情。

2001 年 7 月 8 日

今天肯定又有好消息。外语是他最引以为自豪的强项，一般不会失手。果然，左问右问，全都顺利，全都满意，近乎完美。我将信将疑。

下午考化学，虽然没有外语那样自信，却也并不心虚。晚餐桌上，仍然是欢声笑语，觥筹交错。这种好心情一直延续到晚上十一点半。要不是关电脑之前的一次偶然点击，高考就在这样“心潮逐浪高”的顺风顺水中顺势而过了。

2011 年 7 月 9 日

昨晚上网到 11 点钟，准备关机。无意中点击了一下，显示屏上出现了高考试题及标准答案。根本来不及多想，便迫不及待地一路点击下去了。三个人屏住呼吸，悬着心，点了语文点外语，孩子报答案，我们对答案，一声“A”，一阵惊呼；一声“B”，一阵欢笑……自然，结果并非如孩子想象的那么完美。孩子有点心虚了，连声喊“怎么会是这样?”这时，我只得把我的分析、我的担心，以及我的见解耐心地说给他听，安慰他。第二天还有一门综合科考试，要是睡不好怎么办?

可这孩子也真心嫩，尽管我们后悔不已、担心不已，他却很快就平静了，还是照样睡了个好觉。今早起来，见他精神饱满，再不敢提昨晚答案。暗自庆幸我们只是虚惊了一场。自然，中午回来，又照样是非常得意地汇报与高论。四天的高考就这样在一片欢声笑语中不知不觉过去了。

晚上守着电脑对答案，一颗悬着的心也渐渐回归本位。虽然没有超水平发挥，创造出孩子所幻想的奇迹，却也并无大失误，平稳、正常地发挥了他应有的水平。

2011 年 7 月 10 日

熬过来了，烦过去了

又是一年过去了，时日真的有如白驹过隙。二十多、三十多岁时，时日难熬，孩子多病、调皮、不懂事，期待着他快点长大，期待的日子难熬！

事业爬坡，主观的努力，客观的制约，心多想，事难成，在愤懑、埋怨中等待。等待的日子难熬！

经济拮据，上有老病，下有幼儿，亲友告借，囊中羞涩，既撑不起面子，也担不起大事，在无奈中苦闷、梦想，有梦而明知是梦的日子难熬！

柴米油盐，一日三餐；论文书稿，零乱一屋；打工筹钱，四处奔波；辛苦劳累，艰难度日，忙碌的日子难熬！

时尚如潮涌，心潮逐浪高，追逐前沿的学术思潮，追逐诱人的工作环境，追逐新的生活样式，因追逐而失望，失望的日子也很难熬！

身居下位，而强装能耐，友人子弟升学，亲戚求医问药，钻山打洞，八方求人，四面还情，如陀螺般被抽打得晕头转向，夹缝中做人的日子真难熬！

年过“不惑”，紧绷的弦已至极限，可以松弓抽箭了。儿子上大学了，职称到顶了，职位定型了，该得的、能得的，已得到了；不该得的、不能得的，也看清了，放弃了。心态平和了，经济改善了，处事老练了，应对自如了，日子感觉顺畅了，如水流一般。

顺畅的日子流走得快捷了，转眼四十多、五十多，弹指一挥间。激不起浪花，荡不起漩涡，一年两学期，一学期二十周，一周五加二，一天两节课，期待的目标很低，很小，不再为大事烦，时常为小事烦。烦学生犯的莫名其妙的错误，烦孩子的不听教导，烦菜市场千篇一律的菜肴品种，烦商场、厂家不考虑我等的个性化需求。

老待在家里烦，出门在外几天也烦。烦人心不古，烦社会太复杂，烦自己这里那里不舒服。总之是找事烦！

过了五十多，就该“下课”了！下课的日子什么味儿？“下课”的日子怎么过？还是一个未知数。

熬过来了，烦过去了，接下来是什么呢？

2012 年 1 月 4 日

期盼

今天是闻捷结婚大喜的日子。因离得太远，又没放假，无法亲临庆贺，只能托人聊表心意了。

闻捷与维捷同年同月出生，闻捷大两星期，今年28岁了，正当结婚年龄。而我儿子维捷却迟迟不肯谈及婚事，连交女朋友的意愿都不强烈，受新思潮（年轻人的婚恋思潮）影响很深，真叫人无可奈何！

28年前，我将维捷出生的喜讯用书信的方式报告姑父时，收到姑父的来信是告诉我他也添了长孙，不用说我父亲与姑父这一对姑舅兄弟是如何高兴的了。

28年，转眼已成过往，小孩子也长成大男子汉，我父亲也作古23年，没有能享受孙子成家成人的喜悦，而姑父也70多岁高龄。昨晚与之通电话，欣喜之情溢于言表，期待着享受四世同堂的幸福。

生命轮回，“人生代代无穷已”。正如东山魁夷所说的，新的叶子从枯黄的树叶间生长，黄叶从嫩芽萌发处飘落，这是自然，也是必然。如此循环，生生不息，生命不止，生者欣然，离者坦然，这是一种情怀！生命护卫生命，生命烘托生命，生命尊重生命，这更是一种情怀！

在期盼中成家立业，在期盼中护卫儿子长大成人、成家，我现在似乎已有了做祖母的心态，显出“奶奶相”了。含饴弄孙，又将是人生的一种新境界。

尽管自己孩童的记忆犹在，尽管儿子幼时的身影还在。

四、酱色的回忆

那些读书和没有书读的日子

我已是我们公社中心完小六年级的毕业班学生了。

虽然每天走五六里路，翻田坎，过破破烂烂的小木桥，雨天一身泥，晴天一身汗，但很快乐！唱歌、跳舞、踢毽子，还有考试成绩获奖，有几分钱时，还可以到镇上吃上一小块发糕（米糕）。

那时的我们，对老师敬爱有加，对校长毕恭毕敬。

突然有一天，学校里大字报铺天盖地，校长家的门口也贴满了，老师的房间里也贴上了；有一些不认识的大哥哥大姐姐臂上套着红袖章，还在到处贴。后来又听说公社中学的某老师被大字报困在了床上，出不来，只好用裤带把自己吊在床架上，自杀了。

没多久，我们学校旁边的一所农业中学的学生上北京，搞革命大串联，上北京见毛主席，坐车不用钱，吃饭不用钱，住宿不用钱，多快活的事啊！

我们真的很想去。但是我们太小。他们是红卫兵，我们连红小兵都不是。即使是红小兵，也不能去，毕竟不是战争年代的红小鬼。我们只有垂涎的份儿，只能听他们回来后，有声有色地讲述那伟大的天安门广场，那几十万上百万的红卫兵人流人海，那天安门城楼上毛主席的身影，还有一路上激动人心的革命经历。

到小学毕业时，我们知道国家主席刘少奇被打倒了。墙上贴的大幅标语，用墨汁写的“刘少奇”三个字被打上了三个大大的红叉。然后公社开始经常组织万人大会了，批判刘少奇，一直批到县委、公社党委的领导。

喊是喊“抓革命，促生产”，频繁的万人大会一兴起，大会之外就没几个人在田里了。即使留下几个人干活，也是老大不愿意，干活比开会辛苦得多。更何况除了声势浩大的公社万人大会，还有大队的千人大会，生产队的百人大会。要从刘少奇一直批到左邻右舍的地主富农，上上下下，忙得不可开交。

贴标语使得“洛阳纸贵”，只好提着石灰水往土墙上刷字。有时候为了交流革命斗争经验，还要将本地“走资派”押到外地批斗，当然也要接待外地外单位来交流批斗的工作。

我们则忙着跑上跑下地参加批斗会，其实是看热闹。批斗本地的“走资派”“地富反坏右”分子时，大家都有话说，甚至说得声泪俱下。想起万恶的旧社会受苦受难受欺负的日子，大家像打土豪时一样义愤填膺。而当批斗外地外单位来的这些“走资派”“坏分子”时，大家亲身体会不多，也就难以声情并茂了，有的就只好跑上台去大喝几声："你老实不老实，你交代不交代?"然后扫几个耳光，把被批斗者的头按得更低一点，然后振臂高呼："打倒×××!"掀起一阵高潮就结束批斗下台了。

批斗会开完以后，就是游行了。我们小孩子是跟得最紧、跑得最远的。被批斗者戴着一个纸糊的高高的尖帽（高帽子)，上面画着各种简笔画的牛鬼蛇神，脖子挂着一块大纸牌，罪过大的用木窗或门板，把脖子勒出一条深深的血痕，压得人头低低的、腰弯弯的，上面写着他的身份，如"罪大恶极的走资派×××"等。一路敲着锣，喊着口号，锣声撼地，口号震天，确实威风凛凛。批斗会开到了田间地头，游行队伍也是串村走户。我们乐得不考试、不做作业，就这样稀里糊涂地，小学毕业了。

学校都已停课闹革命了。小学毕业后，也没得书读，算是小知识分子回乡了。于是便开始了我们的农作生活，颤颤悠悠地挑塘泥、收家粪、插秧、耨草、杀虫、施肥……

我们家附近原来有个农场，后来改为"五·七"干校，益阳市干校、县干校都在这里，一下子来了很多"走资派""右派""反革命分子"。有地市级的原领导，派头很足；有老知识分子、教授、作家、诗人。白发苍苍的、风华正茂的都来了。有的放牛，有的喂猪，有的和我们一样，泥一脚、水一脚地下田干活。农忙的时候他们常常来帮我们生产队干活。我们也去帮他们干活。我们帮他们是实效的，能干很多事；而他们帮我们是政治意义的。因为他们不会干活，倒是很可笑、很可怜。

我倒很喜欢跟他们一起干活，讲故事、讲笑话，他们的话语很好听。

过了一段时间，又复课闹革命了。大队有了中学，可以就近上学了。学校召我们回去。爷爷说，还读什么书，读了书的都下地干活了，又是女孩子，读了也没用。确实，当时大会小会都批“读书做官”论，大家你传我传都是“读书无用”论。父亲则说，不读书干什么？以后有的是工做，小孩子现在做什么工？我也想读书，读书多快乐，做工好辛苦！

于是我上了大队的戴帽初中（小学开中学班）。老师基本上是小学的原班子，调来了一个数学老师和语文老师。课程开得也简单。早晚在家干活，周末干活，农忙（插田、打禾）放假干活，寒假暑假当然是干活，也就是当时流行的半耕半读了。数学老师不错，教我学会算平方，算土方，算田亩面积、水塘容积等很多实用的数学知识，于是我兼做了生产队的会计助手，现学现卖。

记得那数学老师是从县城下放来的。他第一堂课就和我们说：“你们要努力学习，好好表现，将来我期望在天安门城楼上（劳模、名人受接见上天安门城楼）见到你们，在《人民日报》上见到你们！”我们被惊得目瞪口呆，乡下孩子第一次这样听说，第一次可以这样想，这样憧憬！

两年后，我们毕业了，没有考试，没有毕业证，只有自己知道，我又没有书读了。

“小荷才露尖尖角”时

今天是农历的十二月初二，是我的五十六周岁的生日，正好是公历的12月26日，与1893年出生的毛泽东同一天。有学生记住了这一天，说以后不用记了，怎么都不会忘记。

学生为我订了个很漂亮的生日蛋糕。共进晚餐后，儿子请他们一起去KTV唱了一晚上。他们快乐，我也快乐！

其实，过生日时，情绪还挺纠结的。儿时盼生日，母亲总记得在这天煮上两个鸡蛋，或是煎上两个鸭蛋，荷包蛋，香香的。那是最奢侈的享受了。在那饿死人的五十年代，也不知母亲怎么能变戏法似地变出鸡蛋来的。只记得常常从食堂里端着我那小小的瓦钵子，里面不够一两米，放了很多水，稀稀的半钵饭，从食堂到家里，一路忍不住用手拈着吃，拈到家，钵里已经空空了。又把钵再送回食堂，等待着下一次开饭的时间。那稀饭是吃下去肚子就饿了的。饥肠辘辘，凑到一群准备饭菜的阿姨那里，生莴笋、生萝卜、生红薯，能捞到什么都往胃里填。

盛夏时节，常下到池塘里，摘些菱角、鸡菱、莲蓬充饥。整日不归，不在水里，就在树上。树上的桃子、桑葚都是难得的食物。桃子好吃，但数量有限，常是等不到熟透，就迫不及待了，自然少不了拉肚子。但那时总以为拉肚子总比饿肚子强。

吃桑葚是要冒险的。老桑树树高枝疏，低矮处的别人早就顺手摘去了，高险处那悬挂的黑黑的桑葚很是诱人。为了摘这些诱人的桑葚，我练就了一身攀爬的好功夫，比男孩还男孩。大人常说我是无皮的树都能上，没一点女孩相。吃桑葚的吃相也是很狼狈的，站在树上，一边摘一边往嘴里塞，吃得牙齿里黑黑的，嘴唇糊糊的，真真是没有女孩相，甚至人相都没有，像只猴。

下湖摘莲子也是我的强项。全然没有“莲叶何田田，江南好采莲”的诗情画意，而是像饿狼扑食一样，将荷叶糟蹋得一片狼藉。那些斯斯文文的孩子只能站在岸边摘一些别人挑剩的。要是岸边根本找不到可以吃的，只能望着远处的壮壮鼓鼓的莲蓬干着急。而我不一样，不到脖子处的水深，我是可以淌过去的；超过一人深的水域我是可以驾一只两头尖尖的、船底窄窄的小船划过去的。很多人上不了这样的船，尖底、尖头、尖尾，非常便于在密密的荷杆荷叶间穿行，但你若是平衡性差，没有技巧，踩上去就翻船。我可以稳稳地踩住它，两手拉送船边的荷杆，快速地在莲湖中行驶。吃饱了，再载上满满的一船莲蓬回来，全家人可以在晚上饱餐一顿。

还有那屋前屋后园子的菜，能生吃的，常常也是等不到下饭时做菜吃。什么黄瓜、菜瓜，还没等到长大就抓来吃了。奶奶看着我们馋，很勤劳地到处种甘蔗、高粱、玉米之类。我们分不清这些种类，等到都长得差不多了，高粱秆、玉米秆全都当甘蔗咬着吃了。

到了冬季，湖里、池塘里荷叶、菱角都枯萎了。什么“留得残荷听雨声”，全是吃饱了没事干的文人自作多情！

在我儿时的眼里，残荷意味着成熟，意味着粮仓，意味着一个冬天可以不挨饿了，因为残荷下面是莲藕。

靠水吃水，靠湖吃湖。湖里的藕是湖区人的半年粮。

但挖藕是非常辛苦的重体力活。先用锹筑一道堤，围出一块水域。而围那一块水域是有讲究的，必须确定这水下泥里的藕多而且粗壮。围堤筑成后，用斛斗掏干水，掀去上层的烂泥，再用专门的藕锹挖开深层的泥，俗称开藕塘。开成一个藕塘，壮劳力要不停歇地干上大半天。大冷天的脱得只剩一件单衣还汗流浃背。父亲和叔父就很会干这种活，而我能做的就是给他们送去三餐。他们早早地出去，早中晚饭都要送到藕塘边，要吃了晚饭才有力气挑着藕回家。

就是这样看起来很轻松的送饭的工作，对我来说也是苦不堪言，刻骨铭心。靠岸近的藕早就被挖走了，父亲他们常常在离堤岸很远的湖中央开挖藕塘，饭送到岸边，他们一身汗、一身泥，不能淌水上岸来吃，加之寒冷，有时甚至是冰天雪地，当然只能由我卷起裤腿淌水送过去。一日三餐，来回三趟，赤脚踩在冰凌上，咔吱咔吱，腿上不是被冰凌划出血痕，就是被荷杆挂伤。眼里噙着泪，腿上流着血，一步一步艰难地在湖泥里跋涉——至今想来还想哭。

阳春三月，青黄不接，找吃的真不容易！儿时常和母亲、婶、姑她们去洞庭湖上打蒿草。艾蒿、梨蒿是可以吃的。天不亮就出发，大人们挑着箩筐走七八里地，找到蒿草长得茂密的地方，就一把把、一片片地割。

割蒿的人很多，男人下地出工了，都是女人和孩子来寻蒿草。而且蒿草时令性很强，过不了多久，好草就不多了，要到处找，这里一把，那里一捆。

小孩子就到处跑，到处找，发现有好的就占领了，叫大人来割。割到下午三四点钟，装满了箩筐就往家赶。

还记得那时母亲她们回家的路上的艰难与辛苦。劳累一天，挑着满满的一担（还生怕装得不够满），摇摇晃晃地，走一截，歇一下；歇一下，走一阵。越走歇脚越频繁，担子越重。她们还开玩笑说是在给路盖上印子。

七八里地，越走越长。眼睁睁看着太阳下山，夜幕降临；春寒料峭，晚风更凉，饥寒交迫！我则跟在母亲后面喊冷、喊饿，喊个不停。母亲总是安慰道："快了，快了！爸爸快到了！奶奶把饭煮好了！"而往往在这时候，会出现父亲和叔父的身影，他们下了工来接我们。

晚上，全家人围成一圈，把打来的蒿草放在中间，一根一根地择蒿草。嫩的草尖，挑出来做人的粮食，粗的硬的给猪做食粮。这是一天中最快乐的时光。

还有"小荷才露尖尖角"的时候。儿时的我也有欣赏"早有蜻蜓立上头"的兴致，但那兴致不是因为蜻蜓，而是因为小荷。小荷露尖的水下，一定有莲藕。初春时节，找不到东西吃时，我们会冒着春凉寒冷，下水塘去踩莲藕。那是下到水里，顺着荷杆，用脚踩，用脚趾挖出藕来。藕不壮，但很嫩。如果踩到的藕不多，会顺便摘些荷杆回来，可以生吃，脆脆的、甜甜的，也可以切成段，炒熟当菜吃，还可以和着米煮着当饭吃，那时吃来都很香。

2011 年 12 月 26 日

第三辑　竹影横斜

未有竹之前

——爱上了一座荒园

2004年12月，我们酝酿了3个月之久的购房计划终于拍板签约，以比较满意的价格买下了麻章明苑山庄A1栋别墅。

这是一幢坐北朝南、独门独院的三层小洋楼，据说是专门请一位著名的美国设计师设计的，是名副其实的洋楼。玫瑰红色的屋顶，粉红的外墙，尖尖的三角形门庭高高耸立，既显欧美风格，更显风雨沧桑。这房子名为别墅，实则是地地道道的烂尾楼。它建于20世纪90年代中期，还未完工就已下马，340多平方米的室内绿苔满地，墙体被剥蚀得千疮百孔，漏迹斑斑。200多平方米的院子里瓦砾遍地，杂草丛生，残垣参差，一片狼藉，确确实实的荒园一座。

荒园所属的明苑山庄坐落在麻章城郊的长布村，北面有一条废弃的湛江通往徐闻的公路从山庄旁边通过，坑坑洼洼，尘土飞扬。山庄里A、B、C、D、E、F六区房子纵横散落在一片东高西低的斜坡上。中间是一个颇具规模的温泉度假村，气派的宾馆、圆拱形的桑拿浴室和各式浴池隐隐约约昭示着往日的热闹与繁华，虽然如今只有荒草萋萋，绿树婆娑。

山庄南边是一望无际的农田，深深浅浅、高高低低的绿一直铺向远方。西面是参差错落的农家小院，常有鸡犬之声相闻。

东边一道高高的围墙将农科所那一片火龙果生生阻隔，只有爬到三楼窗口才能一解眼馋，看那如火如荼的盏盏“灯笼”挂得满架满园。

我的荒园就在山庄入口处，在这片坡地的坡底，前有草地空阔，棕榈树挺拔俊俏，三角梅秀美而热烈，株株松树如绿塔叠影，很显幽静，远处就是那片怡神悦目的农田。后有一片不大的花园，其间有一座喷泉，一排含笑树连成的绿墙，还有几株天竺葵、巴西铁之类的植物长得蓬蓬勃勃，一条小径蜿蜒其中，通向幽深处的一座亭台。

于是，我爱上了这座荒园！

荒园与小楼

2005 年春节刚过，我就开始筹划我的荒园改造、别墅装修。

定格局、定基调，内外设计，筹措资金，安排人事，监察效果，各个环节，一一规划。

定格局的事相对简单。以实用为目的，以很有限的资金为前提，自行规划，改造室内布局，将原有若干小间改造成相对简单方正的大间，重新确定空间用途。

定基调、情调的事相对复杂，它贯穿整个装修、改造的全过程。

外部改造——变美式洋房为中式小楼。将三楼方形敞开的露台改成中国传统的雅致茶室，然后将与之相连的 5 米多长、1.8 米宽的坡形瓦顶揭掉，建成一个红梁栏杆、白色花甄建构的大阳台，与楼顶栏杆呼应。再将尖尖的三角门庭拉成一个比较中式的出檐门楼。用淡青色花甄、淡青色的瓷片拉出一条 60 多米长的院墙，围成一个颇为雅致清幽的小院。

内部设计——茶室以朴雅为旨归，将四个等腰三角形组成的尖屋顶饰以杉木条、片，温馨别致；四周装以敞亮的玻璃窗，再配上浅底的、秀丽的乡间柳条花草图案的窗帘，真朴而清新，颇具风韵。仿明式的红花梨茶几座椅，镶嵌着镂花的鸡翅木，秀气而又高贵。

客厅则求大气，天花顶依形而做成大鹏展翅状，高阔的空间，优美的线条，尽显美致。六十多平方米的空间摆设着一套雍容华贵的仿清红木沙发，和美气派。

书房中精致的挂图与书画、充当隔墙的整排书柜、红檀香木板，雅致而壮观；非洲酸枝木的雕花大书案，更是典雅厚重和富有气韵。真可谓古色古香！

红檀木的楼梯、地板，坤甸木的楼梯扶手，红红亮亮，把整座小楼渲染得富丽堂皇！红木家具、羊皮灯饰、各色窗帘将各个房间点缀得韵味盎然！

小楼的内外装修历时 180 天。

荒园变竹园

小楼打扮妥帖，正值大地回春，便开始了园子的经营。

说是经营，可并非买卖赢利之为，而是有买无卖，全在赏心悦目、自给自用而已！

首先在园子里种下的是两株修竹，于是名之为竹园。

从此一种便不可收拾，竹园也就不只是有竹了！

四周有树，而西、南两方以花草果木为主，东、北两面则以菜肴瓜蔬为务。功能划定，便依此而行。

先遍寻各处花木苗圃，见啥爱啥。再一批又一批地买来，一拨又一拨地种下去。初始还是疏疏地种，再是一次次地安插，直至见缝插针。一个春季还没过完，园子里已先后种下花草果蔬多达 60 个品种——荔枝、龙眼、杨桃、人参果、芒果、石榴、枇杷、火龙果，还有木瓜、南瓜、葫芦瓜，葡萄、番茄、鸡蛋果。至于玫瑰、含笑、月季、芦荟……应有尽有，不应有的也都有！

旁观者笑我将树苗当菜苗种，说我的园子称竹园不实，该谓“百草园”！

而我却是乐此不疲！

从此，早晚巡视园子成了每日的必修课。

早起捉虫、摘黄叶，傍晚松土、浇水忙。

人勤地不懒。不久，就是瓜果飘香，花草争艳了。

加上周末的施肥、翻种等活，我便成了地地道道一农夫！

竹园，何以为名？

我的荒园何以名为“竹园”？

并无悠久典故可追寻，也无确凿有力的现实依据。可以堂而皇之言说的理由有三：

一是改造荒园的第一举措是从邻家园子移栽来两株竹，既省钱，又省力。且栽植不久便显生机，抽芽展叶，实在是个好兆头。她给了我自信：种植原本不难，尤其是竹。不必一日三餐肥水伺候，不怕蚊虫叮咬，不会娇贵难养。本人生性粗疏，如此甚合我意！

二是在我的竹尚未成林之际，邻家园子有一丛竹，正对着我书房东面小窗。常有“窗竹影摇书案上”。早上摇日影，晚上摇月影。日影煌煌亮亮、融融暖暖，伴着晨风，伴着草香，可掬可触。每当旭日东升，我便大开轩窗。于是这竹影儿便从我那高高的书架上拂过，一排排、一本本，轻盈抚摸。待我在桌前坐下，她便悄悄走来，斑驳台前，弄得我眼花缭乱；见我无意书本，怕是羞怯，便静静地移步地板、茶几，退至窗沿，而后悄无声息地离开我的书房，只留下一片澄明给我！

记得苏州拙政园小沧浪水阁原有一联：“风篁类长笛，流水当鸣琴。”我的窗前无水流成韵，确是“风篁类长笛，晨鸟当鸣琴”！

月影则是随着唧唧虫声与鼓鼓蛙鸣走进我的窗口的，还信手携带着悠悠晚风，轻轻翻开桌上的书页报纸，煞有介事地催我夜读。而此时，我却往往无心读书，不愿拉开那亮晃晃的灯光将青青竹影驱散得了无踪迹。我宁愿只有竹影相伴，看她摇曳满屋清凉，洒落满地静谧；看她款款移动的影迹，倾听时光流动的声音！

这邻家的竹儿，实在是我园子里一道最亮丽的风景！

三是因为常留我梦中的那一园子竹。

那是我儿时跟着我那踮着一双小脚的老祖母，从她老人家的娘家扛回来的一丛竹。我家住资水之北，老祖母的娘家居资水之南，过河渡水，越岭翻堤，还有十多里的田塍路。祖孙俩一身汗、一身泥，就因为祖母爱竹，说竹发得快，清爽！竹儿不负人，只几年工夫，便长满了我家老屋的后院，杆杆修竹，为我构筑一方乐土！骄阳似火的中午，田间劳作归来，我搭一块竹板，沐穿竹清风，浴竹影阴凉；闲暇时，捧一本小书，徘徊林间，含英咀华，韵味古今；烦闷时，依着竹儿，听竹语窃窃，看叶舞晴空，神游无极……

一晃三十寒暑已成过往！我错过了三十回听春风春雨中竹笋破壳的轻轻声响，错过了三十年看竹儿拔节散枝的辉煌！总觉得对不起早已化作轻烟一缕的老祖母！对不起那一园蓬蓬勃勃的竹！

于是我在属于我的园子里首先种下的是这一丛竹！

于是我的园子名为“竹园”！

并非“青黄不接”时

记得小时候常常挨饿，问大人为什么没饭吃。大人说是“青黄不接”。黄者，成熟之稻谷也；青者，长育之禾苗也。即陈米已吃完，新谷还未登场之时。然本题所谓“青黄不接”，并非此意。

在北方，春夏之交，本当是一色的葱郁，满眼绿色。但在四季如春如夏的南海之滨并非如此，绿的蓬蓬勃发，黄的也明艳耀眼。一棵树上，一片林子，一方草地，常常呈现青黄相间的情景。不是“青黄不接”，而是“青黄相接”。

我的园子里全是今年春季栽种的花草树木，从早春种到暮春。从苗圃连根带土地移来，有的甚至还带着去年的果子，如人参果、鸡蛋果、番石榴之类。大的有三年树龄了，个儿有一人多高，枝叶婆娑。成活之后，便随春气起而新叶生，先是嫩芽、嫩绿，而后翠绿、苍黛，长得满树满枝。开新花，挂新果，呈现两代果实同堂的局面。

而此时，那老叶虽憋足了劲，熬过冬雨打击，顶住春风摧残，此时不知是不想顶了，还是熬不住了，总之是渐渐泛黄了。先是绿中显黄，而后明黄、暗黄，最后自行飘落。

初见黄叶，几分惊喜。觉得斑斑驳驳，明艳多彩，别有一番风味！闲着无事，穿行于树草之间，又觉着黄叶碍眼，便随手将其摘落。心想免得它变成暗色，尽显萧瑟，而后独自飘零，令人徒生伤感。果然，没有了黄叶，一片青翠，纯净而更显生机，倒也觉着清新、清爽。

于是窃喜自己并非多此一举！

然而，看着黄叶委地，不曾见“黄雨”随风翻飞，也不曾见黄叶迎风旋舞，又生出些许惆怅！为自己剥夺叶子生命历程中最后的辉煌而悔恨！再者，生死轮回，自是天意。该绿则绿，该黄则黄。该生时生，该落时落，何必强其所难，将其提前摘落？

黄叶、绿叶，是否情同母子？是否生死相接，抑或生死相依？如此生生拆散，且不残忍？

若是绿叶相逼，是当无可奈何！只好说声：相煎何太急！

若是黄叶相让，也是无可非议！送上一声赞许：高风亮节！

如果是黄叶恋恋不舍，放心不下，我是断然没有理由多此一举的。

青黄不接，出现断带、中空，则树木已显衰朽！

青黄相接，生生不息，自然轮回，造化之盛也！

风雨过后，我不见彩虹

昨晚下了一场雨。早上，园子里花儿更红了、叶儿更青了，好清新，好鲜亮！

草叶儿上、树叶儿上的小水滴随晨风洒落，似微雨轻扬。

月季、茉莉那小花瓣上细细的水珠，如孩子破涕而笑的泪花，莹莹的、闪闪的，万般娇羞，让你顿生怜爱！

几只蝴蝶飞来，戏弄着草儿，亲吻着花儿。看蝴蝶在叶面上或花瓣上停伫，颤颤的、悠悠的，使人想起幼儿园小朋友的舞姿。而当它们在树叶儿间翻飞，在草叶儿上追逐时，也如孩童的嬉戏打闹。

昨天，我还以为石榴树上圆圆鼓鼓的青色苞儿便是小石榴，正纳闷，石榴怎么会是“无花果”？现在石榴花开了，便是从那青青的苞里绽开的。开出像白色丝绒线一样的花丝儿，几片花瓣平托着，那花儿细细丝丝、绒绒软软，风一吹，颤悠悠的，真想伸手护住它们，生怕一阵风将它们吹散，像蒲公英一样满天飞了。我真忍不住凑过去，先是浓浓的香味扑面而来，觉得特清、特爽！而后是那绒丝儿拂面，柔柔的，像是婴儿的小手挨着你的脸儿。

当我还在与石榴花儿缠缠绵绵、难舍难离时，那几绺金银花藤却是急不可耐地要向我炫耀了。昨天我还怕风雨折了她们的细腰，已为其搭架，将其系好。不料今早她们又伸出了长长的枝蔓，在晨风中摇曳，多情地召唤我。我自然欣喜不已，也和她们亲密温存了一番。

让我惊讶的是那一排青青的丝瓜与苦瓜！看地上，满地黄花，自然是昨晚无情风雨所为。但你抬头看那满架满墙的瓜藤时，却又是灿灿的满眼金黄，风雨过后，更显精神！黄黄的小花大大咧咧地开着，与邻近那一排紫色的喇叭花（牵牛花）应和着，把我园子东边这二十多米长的院墙装扮得多姿多彩，渲染得热热闹闹！

小小竹园，生机盎然，情趣盎然！

风雨过后，我哪有空闲去看天上那遥远的彩虹！

只问耕耘，不问收获

我总认为，陶渊明耕种田园的诚意是不够的。虽然他也曾“戴月荷锄归”地劳作，却常常是“草盛豆苗稀”，丰盛的收成肯定是谈不上的。而我自以为比陶老先辈有诚意得多，我的园子里豆苗盛，菜苗盛，瓜苗更盛。当然，我并非归隐。据说，大隐隐于朝，中隐隐于市，小隐才隐于乡下。我连小隐都不是。不求沽名钓誉，也非自许清高，而是恰恰相反，只求实惠，自种自给，吃个健康放心，实在俗不可耐！

这几天差不多一天一场雨，又是暮春时节，天气转热。园子里草长、苗长，草和苗都齐齐猛长。天天早上起来，拔草成了第一要务。尽管也为草儿鸣不平，为实惠计，只有狠心剥夺草儿们的生存权利，而力保苗儿们的生存需求。如此一来，苗儿们得意了，一个劲地疯长！表现最突出的是西红柿，唰唰唰，几天就窜到一米多高了。不用说，看着很开心！但渐渐发现不对劲了：只见苗，不见花。好不容易见到花，也是东一朵，西一朵，羞羞答答，躲躲藏藏，不成阵势。黄豆苗也是如此。刚下种不久，碰上一场雨，几天时间，全都破土显青。继而是争先恐后，一蓬比一蓬茂盛。可早也看，晚也看，花是开了不少，老不见果。

尤其过分的是那南瓜苗。先是一根主藤冲刺似地拼命往前跑，三下两下，冲出老远。然后牵枝发蔓，划龙船似的，比拼着往前划，两礼拜光景，就爬得满墙满地，枝繁叶茂，一根根藤尖还高高翘起，东张西望，寻找可以占领的空间。长长的藤蔓还串起一串长长的金喇叭。张扬倒是够张扬的，就是只搭台子不唱戏，只开花，不见瓜！懊恼不过，将花摘了来当菜吃。倒也味道不错！

自然，懊恼归懊恼，每天看着这些苗儿窜高、牵长，将荒芜的黄土变成茵茵绿地，还是很开心的。至于它们结不结果，倒也无关紧要。不是常有人“只问耕耘，不问收获”么？

我以为收获不一定是硕果累累，收获过程，收获体验，也是收获！

竹园听雨

据说王禹偁以黄冈破如椽的大竹为屋瓦，住在这样的竹楼里面，听急雨声如瀑布，听细雨声比碎玉。有如此声乐伴奏，自然是无论鼓琴、咏诗，还是下棋，其共鸣的效果都特别好。

我之竹园听雨，并非王禹偁的“竹楼听雨”。

一来我的小楼并非竹楼，声响无此美妙。

二来因为我根本就不是在屋内听雨，而是在园中听雨。

也非余光中先生听的“冷雨”。雨不是那种天潮潮、地湿湿，淋淋漓漓、淅淅沥沥，下得像黑白片一样的“冷雨”。

三来也不是在台北的金门街、厦门街，或是日式古屋里听雨。

不过自从读过余光中那篇《听听那冷雨》，倒是真有点不敢听雨，尤其是不敢写雨。

但我于竹园听雨，确实也别有风味，还是忍不住想私下里说说。

长时间住在那上不接天、下不着地的高楼，若是小雨，便是不知不觉。常常是费神费力从七楼下到一楼才发现天在下雨，而此时却没带雨伞，陷入两难境地，转身爬七层楼拿伞？畏难！冒雨出行？更难！

若是下大雨，感觉也不明显，似乎也听不到余光中先生所描述的那般声响："雨敲在鳞鳞千瓣的瓦上，由远而近，轻轻重重轻轻，夹着一股股的细流沿瓦槽与屋檐潺潺泻下，各种敲击音与滑音密织成网，谁的千指百指在按摩耳轮。"雨点敲击瓦片的音乐自是奇妙，但对于我来说，早已成为绝响！即使是走在雨中，也只见千伞万伞，连油纸伞、油布伞的区别都没有，一律的防紫外线尼龙布伞，雨点打在伞上，也是千篇一律的单调声响。而且那车轮声、喇叭声，也早把这千篇一律的声响淹没难寻。

我之竹园听雨，听如泼如注的暴雨，听轻洒花草、瓜叶的细雨。听得真真切切、仔仔细细、清清楚楚。

暴雨来时，风疏雨骤，猝不及防。急密、紧凑、硕大的雨点、雨线，真正的"枪林弹雨"，如瓢泼、如倾盆。那急急的声响，犹如京剧或湖南花鼓戏里的那一阵开场锣鼓，紧锣密鼓，敲打得所有的叶片抬不起头，所有的树枝直不起腰。敲得我的心也"怦怦"地慌，眼睁睁看着这些枝叶们在无可奈何中拼命地挣扎，痛苦地呻吟！

而此时，那檐前也是飞流直下，地上则是黄流乱注！

细雨轻扬时，细细碎碎，是雨丝儿与花儿、草儿、叶儿的窃窃私语，呢呢喃喃，如情侣相偎相依般亲密，如小女孩咬耳朵说悄悄话般神秘。此时，你若好奇，走进这些草叶间，是能听出些奥秘来的。

竹叶儿窸窸窣窣，随风俯仰，那光滑的、尖尖的叶片任凭细雨儿淋浴，而后便没事般轻轻洒落，逗着雨丝儿玩，调皮地将雨丝儿变成雨滴儿，点点滴滴……

那南瓜叶则不同，硕大的叶片像一把把绿色的伞，细细的雨丝落在上面，它也很夸张地“嘭嘭嘭”直响，许多叶儿的响声连成片，一点都不秀气，粗犷得很。而且这叶儿片片相连，高高低低，层层相接，把大片的泥土遮蔽得严严实实，霸道得很。那雨儿想对它们温柔一点都不行，想和泥土温存一番也不行，只好请来风儿帮忙，将叶片翻过来，拂过去，这才有了与泥土亲密接触的机会。

最温柔多情的是太阳花、假花生花（不知其叫什么名，长得像花生苗，只开花，不结果）和苦瓜花。细雨飞来，太阳花将刚刚举起的红色或黄色小酒杯似的花朵儿赶紧收拢，像珍藏美酒似地将小水珠装进杯中，等太阳出来再慢慢享用。假花生花则坦然地迎着雨儿开放，与雨儿直接传情，任雨儿尽兴写意，也正好洗去花儿的尘灰与疲惫，而这细雨蒙蒙中的花儿，特精神、特靓丽！青青的苦瓜藤举起一颗颗金色的五角星花，在微雨中大大方方地开着，敞开它的花瓣，接受着雨丝儿的滋润与抚摸。

在我的“迷你”竹园里，听大雨嘈嘈，听小雨切切，嘈嘈切切，果真是“大珠小珠落玉盘”。听暴雨似千军万马奔驰而过，听微雨如鸣虫唧唧叽叽，确是刚柔相济。

小小竹园，可以容飞流直下、万斛倾盆雨，也愿意接受滴滴点点、丝丝片片雨；可以容惊雷战鼓、铿锵金石声，也愿意听细细柔柔、温温和和语。

林则徐说：“海纳百川，有容乃大！”

我说：小小竹园，能容也大！

微型原始森林

有朋友见我的竹园后，戏称为“微型原始森林”。对于此命名，他很得意。因为这是他的感觉，是他的灵感赋予，而且也雅。我也很得意，因为此名甚合我意，也合乎竹园实际。

所谓“原始”者，浑然天成，不露人工雕琢痕迹。我的竹园之“原始”，有如下表现：

其一，所种树木，皆寻常果木。桃树、石榴、黄皮之类，不成行，不显列，东一株，西一棵，散漫无章，野形也；所有树木不事修剪，不求造型，自然生长，参差错落，野态也；有果木，有花草，青红紫绿，斑驳其里，野趣也。

其二，地面不铺草皮，全是花草。茉莉、月季、太阳花等，杂乱其中，各色花草，不成块，不成型，任其自由生长，自在开花，此消彼长，彼开此落，春华秋实，冬枯夏荣，全依造化。

其三，不建花坛，不修小道，莽莽一片，虽然只是一小片。进入园中，可以踩着草儿，伴着花儿，感受泥土的清凉与柔软。有时惊起一只青蛙，有时会吓着一只蜂儿或是一对蝶儿，别有一种情味。

相对于真正的别墅庭院，没有名贵的树种、稀有的花草，或作虬枝，或呈异形。也没有精致的花坛与蜿蜒的小道，地地道道一原始小院也。

至于菜圃区域内，更是乡土本色。瓜依藤，藤缠树，树伴墙，简直是纠缠一片，不折不扣的乡野情致。

无论从园子的东西南北看，竹园都是一个名副其实的农家小院。

云趣

站在别墅楼顶的天台上看云，也是别有情趣的一件事。

早上八点左右，太阳在云层的背后射出万道光束，云层上面的蓝天显得蓝莹莹的，高高朗朗的，而铺天盖地的云像是万千团棉絮，不规则而又极自然地铺排开来，软软的，绒绒的，极富质感。只有在一团一团的云絮缝隙中，才能看见云外那朗丽的天。靠近太阳的一方，缝隙的颜色是多彩的，变幻的，有刺眼的亮白，有柔和的橘黄，也有淡淡的浅黄。而中天的云，却是静止的，一动不动，让你可以痴痴地欣赏云团的白净轻柔与飘逸。远天的云，则挤挤的，挤成一片银灰，间或显着些银白，像是画家不经意间涂抹的白颜料，使画面显出一些立体感。

不知不觉中，太阳从云团缝隙中破出一些光亮，强烈地耀眼了一会儿，又被云絮赶紧遮掩了。光亮还是光亮，却柔和多了，可以直视。其实这云絮还真不错，没有它的掩映，谁敢直视八九点钟的太阳呢？没有它的掩映，太阳能有这万千变幻、五彩缤纷吗？所谓朝霞绚丽，晚霞缤纷，就是云和太阳的巧妙合作。云絮充分利用了自己的有形无形，在风和光的作用下，变幻多姿；而太阳则借助云絮的变幻，生出千种色彩万种光束，无穷魅力。

日光、云影共舞，蓝天才会多姿多彩。

不到九点，与云彩游戏了一早上的太阳不再多情，果断地排开云絮，露出严肃的面容，将全部的光芒射向大地，人们不敢再直视它，也不愿再仰视它了。

只是中天的云团更透明，更飘逸，但还是静静的。

偶尔飘来一团灰灰的云，从太阳面前悠悠地走过，让太阳闪闪的，仿佛是在摇动太阳，产生一种流动荡漾的光波，特奇妙，也特多情！

第四辑　闲庭信步

拜谒岳麓书院

1977年，“文革”结束，恢复高考。1977年10月，我抱着试试看的心态参加高考，不料考上本科，被湖南师范学院中文系录取。1978年3月11日入学。湖南师范学院坐落在岳麓山下，毗邻岳麓书院。故慕名前往拜谒这一千年胜地。

风雨烛光灭复明，雾散云开天转晴。
禾稗七载霜雪里，梦里廿年学府声。
湘水麓山拳拳意，黉门师道殷殷情。
定将青春酬宿愿，不负苍天护我行。

1978年3月21日

看油画《日月潭边杵歌声》有感

游天心公园，观画展，看油画《日月潭边杵歌声》，印象特深。

云氤山远雾轻轻，月影日潭水清清。
风过悠悠白帆舞，蝶飞树树山花迎。
雀鸟嬉林飞款款，杵衣歌语起声声。
我欲唤舟踏浪去，草花深处有人行。

1980 年 1 月 6 日

采明珠·寄钟明晓同学

明晓新婚，以之庆贺。

晓雨微，细细绵绵，丝线纤纤频寄。愿岁岁如兹，伴玉楼青翠，四季花娇媚。纵霜风，吹皱平湖，雨雪柳弯，桑榆斜阳，仍然执手不弃。

春日赐，重湖戏，念我等犹记。书生意，倏忽少年，展翱翔翅。灯闪寒窗醉。下农田，割稻插秧，笑语伴汗坠。谁人明晓，此生情义。

注：洞庭湖，古称重湖。

1980年3月27日

鹊桥仙

心绪茫然，独自徘徊于岳麓山上纪忠亭前，作《鹊桥仙》一首。

杏花红雨，梨花白雪，愁对径幽亭古。东君也解意难平，任性处，落花乱舞。

湘江潮卷，杜鹃啼血，方信心慈多苦。麓山有路不须寻，踏青石，春风和煦。

1980 年 3 月 29 日

秋日为君寿

趁伴秋光兴无穷，举目枫林淡淡红。
微云轻雾今有意，碧水青山更青葱。
霜天如许君才共，皓月到晓余心同。
争得湘江变美酒，沉醉不知日匆匆。

1980 年秋

无题

星辰满天路弯弯，桂魄流光拂亦还。
秋风不解枫林意，乱影扶疏醉叶翻。
人世难逢肝胆识，天河也慕鹊桥欢。
欲将清影长相伴，又恐今夕非人寰。

1980年11月中旬某夜晚

有感

云涌水流意不闲，独立霜风未觉寒。
洞庭渔夫依舟立，湘南樵子伴山峦。
若攀峰岭路奇险，欲渡江河水急湍。
千里相逢本不识，何劳冷清倚危栏。

1980 年 12 月 3 日

一点春·登岳麓山二首

（一）

几处古亭榭，几处清泉悬。虫鸣唧唧空山静，谁解登山意绪绵。

（二）

岭举千层树，风送万里船。麓山对我有怜意，相赠枫林满目妍。

1980年12月14日

过秦楼·无题

影迹难寻，云消烟散，瞬间唯有寂寥。更值西风紧，肆意起萧萧，落叶飘飘。只小径迢迢，悄无言，竟自招摇。奈千重山麓，百种情愫，全付渔樵。

乱踏衰草路，清霜冷，又残垣断瓦，处处寒条。凄戚归何处？伴山溪久久，且作姣绡。山影蔽长天，正伤心，忽起笙萧。味人生种种，庶几香甜？何止今宵。

1982 年 12 月 16 日

点绛唇

黄昏归来，有感难奈。

树影斜晖，无言共伴人归悄。栖尽雀鸟，冷落林间蓼。
时序转流，伴叶花缥缈。雾袅袅，心意杳杳，无语谁知晓？

1980年12月18日晚

江城子

元旦有感，拟作《江城子》。

一抹红霞落梢头，雾柔柔，水悠悠。拂去清光，树影更深幽。习习微风轻悄悄，谁理会，月西游。

而今枫叶黯然收，兴惆惆，怅惆惆。寒意临江，寂寞冷沙洲。新岁平添愁万种，平生路，谁为俦？

1981 年元旦

和君

感君情意，谨和几韵。

（一）

迷蒙烟雨随风起，敢与红梅竞时开？
若将素色血染成，终误蜂蝶翩翩来。

（二）

翘首鸿鹄展翼先，燕雀敢言凌云志？
尚思共赏奇文日，墨香流韵闲语时。

1981 年 1 月 7 日晚

江城子·生日逢初雪

翩翩飞絮引寒风，舞苍穹，乱西东。片片轻盈，悄悄又匆匆。惆怅问君春消息，何处觅？几时融？

湘江千里洞庭通，雪蒙蒙，夜空空。昨日青葱，踪影已迷蒙。当驾扁舟随水去，寻岸柳，羡钓翁。

1981年1月7日

乌夜啼

今日得好友蓉来信。

昨夜雨兼雪，凄凄阵阵寒声。风摇窗竹凭添冷，起坐盼转晴。

只有清冷孤影，伴随瑟瑟浮萍。而今喜得君消息，晨起雨清清。

1981 年 1 月 8 日

如梦令·无题

又见分飞劳燕，岂止无言凝咽。日后记今时，自是恨难遣。莺啭，莺啭，却伴落花片片。

1981 年 1 月 12 日

瑞鹧鸪·月夜

人影随行月影中，青天碧水共葱茏。白沙绿草平常意，犹盼嫦娥离蟾宫。

絮语轻轻灯影浅，渔火明灭江空空。何须唤取青鸾舞，夜夜归来拥东风。

1981 年 1 月 13 日

人月圆·无题

如蓝江水得春先，和暖意绵绵。浪摇帆影，粼粼灯火，共舞流连。

约黄昏后，相牵岸草，望鸟盘旋。恨无声处，光阴暗换，斗转中天。

1981 年 3 月 7 日

瑞鹧鸪·感物二首

（一）

春草夏花忽转悠，无情烈日火风遒。应时物景难相待，桃李芳菲依时休。

珠网横檐留不住，抚膺频叹欲何求。也曾尽享韶华美，莫把春心当凛秋。

（二）

盈耳蝉声雀语喧，弄姿云彩挂天边。岭间南橘引秋霜，寒露催得枫叶旋。

夏阳冬雪均好景，云光霞锦应堪怜。满山物色时时美，不论和风热雨天。

1981 年 7 月 20 日于麓山脚下

和友（外一首）

读友《别情》四首，承原题，步原韵，试成。

（一）

重重云山迷蒙雾，行色匆匆欲何为？
嫦娥御风奔月日，便悔偷药踏云归。

（二）

车前唯有绿叶飞，夹岸清新观与谁？
悠悠渠水也解怨，碧波清清时旋回。

（三）

洞庭浩浩寒浸月，麓山巍巍日犹丽。
遥望银河相忆否？夜听清荷泪滴滴。

（四）

忍别慈闱断人肠，渴饮沙水意何伤？
行行更计行程远，迢迢益长路更长。

注：益长：益阳至长沙的益长公路。

1981年8月25日午间作

外一首·昨夜得友诗

捧君数行诗，更悔执意归。
声情人俱在，谁觉乐中悲？
感君拳拳意，恕我潇洒回。
若无别离时，谁知今日非？

1981 年 8 月 26 日

雨后

极目群峰峦，岚气飘复流。
山外青山远，雁去不回头。
恨无彩凤翼，比翼相与俦。
久倚楼栏处，梦绕水鹭洲。

1984 年 3 月 21 日

黄昏

杜鹃开岭上，梨花落门前。
夜夜蛙声里，杨柳又经年。

1984 年 4 月 3 日

山游归来遇雨

漫道韶光三月清，残花落处雏鸟鸣。
飞絮片片离人泪，细雨丝丝游子情。
声声闷雷落天外，倏倏寒光破重云。
雨锁雾遮路何处？桃李无言竹自横。

1984 年 4 月 12 日

满庭芳

晓雀窥檐，娇儿踏被，美梦也未成。风吹帘动，日照小窗明。生怕浮云掠影，见芽柳，蓦地心惊。故乡渺，神游云梦，何日起归程？

奈心思北去，听亲细语，唤余乳名。到春晚，巫江冷雨声声。遥想灯前凝望，或念我，忍看落英。只回见，盈盈暖意，听稚子欢声。

1984 年 4 月 16 日

窗前

雀鸟窗前掠倩影，青天碧海入眼新。
文竹袅袅盈绿意，茉莉纤纤摇清春。
舒卷悠悠云随性，收放渺渺气氤氲。
不谓银纱遮望眼，犹恐风物失清纯。

2006 年 8 月 30 日

乡居偶得

秋至玉兰飘香，春来红雨随风。
冬日爆竹花艳，夏时藤蔓连甍。
晓有林间鸟语，夜静如梦虫鸣。
清晨菜肴共享，满园翠绿葱青。
黄昏呼朋引友，一路流萤送迎。
相邀茶香袅袅，兴至歌舞升平。
楼台揽风邀月，小院果木芃芃。
金粟万钟何贵？清风缕缕盈庭。

2012 年 9 月

回赠慧卿

月影无踪夜也明，凉风习习如歌吟。
随心细雨窗前过，秋意浓浓醉友人。

2013 年 9 月 18 日

附原诗：

今夜中秋月无明，潇潇窗外细雨吟。
铃响帘卷微风过，捎我祝福慰故人。

咏睡莲

碧水多情托粉妆，清雅娇媚舒馨香。
昙花只作暗时显，君却潇洒约骄阳。

2013 年 9 月 19 日

浪淘沙

周堂作《浪淘沙》，试和之。

秋至物华新，朗月如银，流金叠翠气清淳。南国依然春画卷，椰舞海滨。

莫道萧疏临，芳草茵茵，蓝天碧水最怡人。日照桑榆非谓晚，霞艳如晨。

2013 年 9 月 30 日

赠姑父

今秋十月，回老家看望二姑父。分别四年，老人家已经历了身体和精神的重大考验，非常庆幸其身心状态甚佳。谈及二姑妈，老人家又是潸然。感慨良多，特记之。

萧然离索将半世，魂梦相牵六十年。
坎坷常思骑竹马，安和犹记青梅妍。
春芳未伴芝兰①谢，秋雨长随桑榆边。
若问人间情何在？老翁银发苍如烟。

注：①二姑妈名芝兰。

2013 年 10 月 22 日

为刘周堂六十大寿作

（一）

当年俊逸少年郎，不意青丝染秋霜。
筚路蓝褛沟壑里，扬眉惬意麓山旁。
廿载春风拂南海，十年夏雨润湖湘。
六十冬阳等闲过，留得青山种麻桑。

（二）

当日彩笔虽入怀，如今易安名未扬。
谁料山野小樵夫，舞文弄墨守书房。
几曲老歌成雅兴，常伴琴声飞出墙。
一生未遂平民意，混迹官场半世忙。

（三）

朝看晨曦夕看烟，屈指一数两万天。
相携前路长漫漫，回首来处思绵绵。
秋月春风看花絮，风雨泥泞舞翩跹。
倏忽卅年成以往，云霞成绮物色鲜。

2014 年 9 月 13 日

六十生日作

大姐小妹来湛为我祝贺六十生日有感。

晴岚万里雁南飞，冬阳送暖沐清晖。
驾浪曾追重湖鲤[1]，泛舟卧听半岛雷。
蕉雨椰风潇湘客，湖光岩水洞庭洄[2]。
家园虽是云山隔，牵挂何须梦里回。

注：① 洞庭湖又名重湖、云梦。　② 据说湖光岩湖水通洞庭湖。

2015 年 1 月 21 日

六十生日谢老母亲

虽违天数遂人心，注定母女情缘深。
秋阳春晖常佑我，晨雨夜露施甘霖。
夏驱蚊蝇冬暖被，饥愁食粮苦愀心。
仔细呵护六十载，常念慈恩泪满衾。

2015 年 1 月 21 日

花甲日致儿

此生只为我儿筹，一生期盼半世谋。
诚惶诚恐磨玉镜，载衣载裳奉彩绸。
常恨日长儿不长[①]，最忆夜稠梦也稠。
儿今已成俊伟汉，却伴斜阳叹白头。

注：①长，读 zhǎng。

2015 年 1 月 21 日

第五辑　竹园夜读

蓝天·草地·黄花

——读吴张英的长篇小说《黄花儿》

"伤痕"随着时日的推移，已渐渐平复；"反思"也已将"颠倒"与"错位"重新排列组合，文学又在复杂的现实中寻找着自我。思考人生的价值，展示生命的历程，揭示人性的本源，成了作家们关注的焦点。他们或把镜头对准普通的人性，如《孽债》之类的"知青""兵团"文学，写出小人物生存意义上的奋争；或是将笔触深入上流社会，写大人物们的自然本性与理性的搏击，如《苍天在上》；或独具匠心地揭示国民的心态，如《废都》《浮城》等，这些作品或内涵深沉，或忧郁伤感，因而大多给人以沉重酸楚之感。吴张英的《黄花儿》也是"兵团"题材，也是以揭示人性的美丑善恶为旨归，然而却为我们敞开一片亮丽的蓝天，展示出一方开满黄花儿的芳草地，在这蓝天草地之间走过来一群美丽善良的男男女女，老老少少……读之如沐春风，如饮甘泉，令人神清气爽。

《黄花儿》里活跃着这样一些可亲可爱的人物——

首先是作者着力描写的主人公——一对清纯天真的小姐弟。他们从小受着爱的浸染和美的熏陶，知道爱美，也懂得奉献爱。爱花、爱鸟、爱自然，爱诗、爱画、爱亲友，也爱所有的人。在生活遭到变故后，姐弟俩更是互疼互爱，相依相伴。尤其是那位酷爱黄花儿、酷似黄花儿的姐姐杨茜茜，她娇弱而又坚韧。当生活的暴风雨无情地摧毁了她温暖的家园，摧毁了她生活的依靠时，一个才九岁的女孩，居然勇敢地拉着弟弟，从东北出发，去那只在梦中神游的雷州半岛，寻找爸爸妈妈，历尽艰辛，全无畏惧。然而南国并不是她想象中的天堂，没有了爸爸，不久又失去了妈妈，在这万般无奈与巨大悲伤面前，一个十三岁的女孩，不气馁，不彷徨，毅然决然挑起家庭的重担，将满心的希望、满怀的爱倾注给年幼的弟弟，终于用自己稚嫩的双手把弟弟送进了大学的校门。

其次是年过半百、两鬓染霜、有着高雅气质的艺术家姥姥。姥姥出生在江南一个富有的人家，年轻时追求理想与光明，曾留学国外，后又投身于民族解放斗争。她讲学、授艺，教养儿孙，是一位美和善的播种者。她以儿辈乐事为乐，以儿辈荣事为荣，支持女儿女婿远走天涯，投身火热的南疆建设，毅然担负起教养一双外孙的责任。她视这一双外孙为心肝宝贝，教他们读书、作画、写诗，更教他们怎样做人，教他们追求那黄花儿一般的希望和理想。同时，她又是一位有着铮铮硬骨的强者。为了民族的解放，丈夫战死南疆，她无怨无悔，独立支撑；女婿捐躯南国的噩耗传来，她独饮苦酒，强装笑颜，给孩子们撑起一片晴朗的天空。在那群魔乱舞的“文革”岁月中，她一身正气，不肯承认那些“莫须有”的罪名，宁为玉碎，不为瓦全，给子孙、给世人留下了一个高尚长者应有的风范。

还有美丽的妈妈和伟岸的爸爸，他们虽英年早逝，但在孩子们心中永远是爱和美的象征。爸爸是一个真正的男子汉，一位英姿勃发的军官，为了心中那神圣的祖国，抛舍美丽的家园、优裕的生活，去那荒漠般的南国垦荒创业；为了救那一对异乡的父子，他血染黄土地。柔弱的妈妈怀着美好的梦想，揣着那份无可估价的爱情，潇洒而又沉重地告别了慈爱的母亲，告别了娇儿爱女，紧紧地挽起丈夫有力的臂膀，远走天涯。在阳光明媚的日子里，她是一位可敬可爱的小学老师，播撒着文明与智慧的种子；在凄风苦雨中，她喂猪掏粪，也同样用忠诚拥抱生活。为了信念，为了爱，她付出了她的一切。

还有那知恩图报的李伯李婶，以一腔真爱保护帮助这弱儿寡母，年复一年；萍水相逢的欧阳叔叔，只因为自己是个军人，是个兵团战士，古道热肠，千里迢迢，护送一双孤苦姐弟南下寻亲。还有哑巴老爷爷、黄土地上的众乡邻，一个个都是那么善良淳朴，那么真诚高尚！

正是这些人物用道义和善良在风雨如晦的年月里，支撑起一片生存的空间，用爱心和真诚播撒了温情的种子。正是这些美和善的种子在小姐姐的心灵里孕育了真诚的爱心，生长出坚定的信念和希望，也使她能用柔弱的肩膀担起沉重的道义，越过坎坷，走向坦途。而读者也正是被这种美和爱所感动，被这种真诚和坚韧所震撼，因而留在读者心中的总是人性的亮丽和尊严。这样，作品既立体地反映了那不堪回首的岁月，又能使我们对社会、对人生充满信心。究其原因，就在于作者艺术构思的精巧。

首先是作者着力铺写和渲染了一种与恶劣的时代背景形成强烈反差的美好的自然环境和人文环境。那里是小主人公童年的乐园：有红墙绿瓦、画栋雕梁、绿树掩映的小洋楼；有梧桐叶遮天蔽日、小鸟啾啾歌唱、小黄花儿竞相开放的小院子；有那南国开满野花的山坡和在山坡上吃草的牛群与放牛的孩子；还有那“小燕子，穿花衣”的儿歌、“离离原上草”的古诗、姥姥那像汩汩的流水一样流不尽的姥爷的故事、爸爸的故事和天安门的故事，以及张伯、李伯、李婶等善良的人们编织成的生活的“安全网”。作者不仅力图以这种充满温情和友爱的特定环境来淡化生活的苦涩，减弱邪恶和黑暗对人们精神的重压，而且也企图以此来表明光明与美善永远是生活的主流。所以，尽管作品中的人物并不全是生活在绿草如茵的净土上，小主人公也经历了大起大落、大喜大悲的骤然之变，甚至被逼至悬崖深渊，令人“心有戚戚焉”，甚或“双袖龙钟泪不干”，但因为作者始终让善和美占据前台，将邪恶推至幕后，因而展现在读者面前的是亮丽的晴天、如画的风光。如爸爸牺牲的消息和后来妈妈的挨批斗、掏猪粪，姥姥的自杀等悲伤的事件，都是置于孩子们的视野之外的。就是“文革”时的抄家、姥姥被抓、姐弟俩被赶出家门，也都是在孩子们迷惘的眼神中进行的，这使得作品始终洋溢着一种昂扬的情绪，萦绕着一种美善的气氛。

其次，作品以单线发展的方式来表现姐弟俩的生命历程，却又用双面展开的手法对他们进行立体的观照。一是哀乐互衬。作者以姐弟俩欢乐幸福的童年反衬其悲伤凄苦的少年；又以其苦难的少年反衬喜悦和成功的青年，以此表明作品的主题——人生本来是苦乐相随的，只要在困苦与悲伤中具有顽强的意志和毅力，扬起生活的风帆，就能闯过惊涛骇浪，拥抱美好的明天。二是悲喜相成。父母远在南疆，姥姥被抓，家室被抄，姐弟俩被赶出家门，流落街头，孤苦无依时，爸爸的战友张伯伯伸出援助的手，将姐弟俩接回家中，倍加爱护。然而张伯伯的女儿是红卫兵小将，她摆出一副与“牛鬼蛇神”不共戴天的架势，姐弟俩只好含着苦涩的泪水悄悄离开，决心南下寻找父母。这对于未曾见过世面，且又囊空如洗的幼弱的孩子来说，将会是多么艰难！茫茫大地，南疆何处？囊中羞涩怎能应对万水千山的路途？正当姐弟俩在车站因饥肠辘辘、寒冷难熬而陷入困境时，又有素不相识的欧阳叔叔铁肩担道义，主动千里相送，这又燃起了他们心中的希望之火。而欧阳映雪小妹妹送上的新棉袄，更使姐弟俩感受到了生活的温暖、人间的友情。当姐弟俩历尽千辛万苦到达南疆，扑向母亲温暖的怀抱时，他们万万没有想到，日思夜想的父亲早已长眠在南疆的山野，慈爱的母亲被发配到了猪场，贫病劳累，心力交瘁，孩子们惊魂未定的心灵上又添累累伤痕。本以为有了母亲，有了家，总算有了依靠，可以在这异地他乡相依为命，谁知又雪上加霜，姥姥被逼，愤然自杀，母亲经受不了这又一次的沉重打击，心脏病突发，骤然去世。转瞬之间，小姐弟又是孤苦伶仃，无依无靠。生活的小舟在漫天风雨中飘摇，随时都有倾覆的危险。但李伯李婶的扶持、邻里乡亲的关怀，又使姐弟俩终于平安地度过了风雨如磐的年月，迎来了阳光明媚的春天。

作品采用这种悲喜相交的手法，意在说明，社会的发展史就是在正义与邪恶的较量中发展的历史，但正义总是会战胜邪恶，善良终将挫败丑陋，光明必定驱散黑暗。人生道路虽也是悲喜交错，成败相随，苦乐相参，但美好的终归是美好的，丑恶的最终要退出历史的舞台。

万里寻根

——读菲律宾作家柯清淡的两篇小小说

近十多年来，小小说在东南亚一带十分“火爆”，其“创作成为东南亚一带华文文学的主要潮流”，其文体“成为整合世界华文文学的恰当而有效的文学样式”。（刘海涛语，见《从新加坡到曼谷》一文，《小小说月报》1997 年 3 期）究其原因，当然是多方面的：文体本身切合时代的优势、众多文坛新老作者的创作参与、理论家们的推波助澜等等。除此以外，还有其独特的深层原因：日益强盛的中国，在亚洲乃至世界显示出越来越重要的地位，这使得海外华人恢复了对中华文化的认同和自信，激发了他们向母族传统文化“寻根”的热情，同时也借这种恰当的文体抒写他们的乡思眷恋。从来自重洋之外的菲律宾华人作家柯清淡的两篇小小说《签约记》与《命名记》（《小小说月报》1997 年第 4 期）中，即可窥见一斑。

《签约记》的情节并不复杂，但作者却写得曲尽其致。“我”得到一份来自中国大陆的买卖合约，看到“卖方”中文印章上的字，很想“自己”也有一方中文名印章，盖在“买方”的空格上。围绕这样一方意念中的印章，追昔抚今，“我不禁沧桑一叹”，就是这一声浩叹，纵览了祖国几十年的沧桑变化，饱含了自己一生的眷恋情结和几代游子的酸甜苦辣。

“浮云游子意，落日故人情。”（李白《送友人》）一纸来自曾是“一穷二白”的故国的高科技产品的合约，顿时使得这海外游子倍感骄傲与自豪，同时也撩发了他隐藏在心灵深处的那份思乡之情，“视其字体，苍劲可爱”，便下意识地想模刻出自己的中文名印章来，一泻心中的这双重快意。这样，一起笔便将这份浓重的情意尽兴地抖搂出来，看得人舒心畅意。然而作者却陡然转笔——手头没有“这种龙传人的文具”，不禁使读者也同生一种遗憾。然而，这遗憾已在“我”心中伤痛了几十年。孩童时，曾有幸得到过一枚木印子，兴奋不已，去学校沾上红印泥，把课本的封面盖得满满的，过了一回“华人瘾”。却遭到“那个惯欺少数华裔”的同学的嘲笑与羞辱，为了这一枚“方形图像”，为了心中那神圣的情结和华人的尊严，“我”“猛发双拳”，“把他的容颜改换为一种痛楚求饶的怪嗥和面谱”。为此，“我”失去了作为“品学兼优者”在毕业典礼上做演讲人的资格，还受到了校方的处分……弱国子民，受尽欺凌，其辛酸苦楚之情，力透纸背。而炎黄子孙的不甘屈辱、奋力抗争精神也是令人鼓舞和自豪的。一枚小小的印章，成了海外游子屈辱和抗争的见证。

然而，国衰民贱，海外谋生华人的酸楚艰辛还远不只是这些。“我”再想备一枚印章，却是“投刻无门”，洋文代替了中文，唐人街的刻印传人因门可罗雀而只好改行收买椰干，被人劫杀并灭尸于椰林中。更悲哀的是这位刻印传人的子女流落于山乡僻壤，长大后竟然不懂华语。而《命名记》中的高尧舜，则有“八个不会讲华语的儿孙”，若是长此以往，华人也将不再是华人了，这才是华族子孙最悲哀、最酸楚的事情。因此，高尧舜无论如何也要给自己的男孙取一个“唐山名”，柯清淡也正是怀着这样一种沉重的伤感和痛楚来写这印章和命名的故事的。

当然，读者和作者一同庆幸的是并非“长此以往”，“国际风水轮流转”，“巨龙要翻身”，“一向都自欧、美、日本进口的高科技产品”的合约已从遥远的祖国大陆飞到了这个五百年前郑和浩荡的船队经过的海岛，飞到了异乡游子的手上，“我”深感慰藉。因为只要黄河连同她孕育的文化被证实是“不废江河万古流”，海外游子就永远有一个强大的靠山，能在世人面前挺直腰，高扬眉，那也就是最大的欣慰。由此可见，作者忧伤也好，惬意也好，不是为了一方小小印章的得失、一个“唐山名”的有无，而是牵连着一个民族的根，一种眷顾的情结。国家兴衰，关联着万千儿女的荣辱；而万千儿女又心系着祖国的命运。从这个意义上说，中华强盛的标志哪里只限于九百六十万平方公里的国土？而华夏子孙又何止是十二亿？有如此伟大的中华，有如此倾心的儿女，难怪作者能自信地说，二十一世纪“必然是炎黄子孙的世纪”！

两篇不满千字的小小说，涵蕴如此丰厚，我们不能不叹服作者情意的深挚和艺术功力的深厚了。作品取材细微，而构思精巧，借一枚小小的印章，将题旨递相翻进，层层拓转，以小显大，写得言简而意丰，读之如嚼橄榄，情韵悠然。虽起笔于今，落笔于今，但重在追昔，以昔衬今，以辛酸衬惬意，既写出“虎落平阳”的无奈，又写出了“龙的传人”的自尊。这样哀乐互衬，使乐者更显其乐，曲笔传情，意重千钧。

并非“特殊情况”

——读郑洪杰的近作《特殊情况》

文学是时代的“晴雨表”，而微型小说因其短小轻便，颇受时人青睐，则应更敏锐地捕捉时代信息，更迅捷地显示时代和社会的“温差”与“气压”的变化。微型小说有了这样一种时代意识，就能直接引导人们正确地把握时代的脉搏，深刻地体察社会与人生，及时调整自己，从而促成人性的不断完善，促进社会的文明进步，以此来发挥微型小说的社会功用。当下，正值社会变革的阵痛时期，随着改革的深入、思想的开放，传统的道德意识、价值取向受到了猛烈的冲击，而新的道德观念又还没有很快形成定式，泥沙俱下，鱼龙混杂。糊涂者迷失自我，随波逐流；清醒者痛心疾首，无所适从。郑洪杰的近作《特殊情况》（《小小说月报》1997 年第 2 期）选取现实生活中的一个敏感的社会问题，成功地触及了现代社会和人性的深层，并以此为切入点展开描述，就像一个小小的万花筒，折射出五颜六色的人生怪象，充分表现出作者对现实社会生活有较强的洞察力和穿透力的时代意识，具有一种振聋发聩的现实功用。

《特殊情况》中的那位普通工人老吕，老实巴交，面对权钱得势无所不通的现实，他不会吹牛拍马，不会投机钻营，无可奈何，为了给女儿找一份稳妥的工作，造成一种“特殊情况”，不得已将自己的手“伸到了裁板机的刀口下”，真叫人“哀其不幸”，怜其无能！哀怜之余，人们不禁要问：老吕的悲剧是不是性格悲剧，是不是他“老实”错了？

老实、本分，历来被视为中国人的一种传统美德，但近年来，人的观念变了，老实不叫老实，叫无能。存在决定意识，人的观念的变化，是因为社会在发生变化。这篇小小的作品微缩了一个很大的社会，凸显了当今社会一个普遍的社会问题：子女就业，僧多粥少，难而又难。围绕这个问题，作品写尽了世相人生：有的单位头头，利用职权互相安排子女，公平交易，互惠互利；有的掌权者，“厂子跟自家开的一样”，毫无顾忌，“近水楼台先得月”；有的金钱开路，路通“罗马”；有的甚至卖笑卖色，也能“曲径通幽”；还有些说不明道不清的种种“特殊情况”。面对这些红道、黄道、黑道、邪道，正直本分的人寸步难行，一如老吕者大有人在。他们无权、无势、无钱，又不入邪门，他们只有等待、忍耐，被逼到绝路时，便只有和老吕一样，作如是选择。这样看来，这不是人的性格悲剧，而是社会正与邪、权与利、权与钱错位，是人格、人性和人际关系的错位带来的负面效应：正不压邪，老实人吃亏，人格和道德贬值。

作品展示的是现代社会人们感同身受的生活情境，面对这变形错位的社会，人们自然要思考：到底谁是谁非？应该何去何从？面对老吕的悲剧，面对这无奈的社会，人们是该换一种活法以适应这社会呢，还是该奋起匡正袪邪，完善自我，净化这社会呢？答案是不言而喻的。

同时，微型小说的这种强烈的时代意识，也是作品获得永久的艺术魅力和审美功用的一个重要因素。只有属于时代的作品，才能属于历史。正如我们今天读《德军剩下来的东西》，就能穿越时空，品味那个时代的一个悲剧故事：一个反法西斯战士在前线抗击德军，而他的恋人却在家乡因被德军污辱而堕落了。故事告诉我们，当年的法国在被德国践踏之后，要医治战争的创伤，不只是要重建家园，更重要的是要医治那些堕落的灵魂。这样的作品，不仅能让我们领略到作者所处时代的变幻风云、人情世相，还能给人们提供历史借鉴。小小说虽然短小，但它是浓缩的艺术，“一颗沙粒看出一个世界，一朵野花里一个天堂，把无限放在你手上，永恒在一刹那收藏”（英国诗人勃洛克），因而它能超越时代，成为永恒。

独到的人性思考

——读周国芳的小小说《骂人婆》等

“骂人婆”本是个不光彩的角色，可在周国芳的小小说《骂人婆》（《小小说月刊》1997年第3期）里，这个角色却并不能这么简单定性。偌大一个家属区的四合院的空地上，垃圾越来越多，越堆越高，召开了全院住户会议——垃圾照样倒；公布了罚款制度——垃圾仍然有；且抓不到，罚不着。“骂人婆”曾发誓力戒骂人，但无可奈何之后，只好故伎重演，劈头盖脑一顿痛骂，直骂得天昏地暗，日月无光。倒是这一骂，还真灵，“院子里再也无人敢倒垃圾了”。是这骂者英雄，骂技高超呢，还是这民性下贱呢？

周国芳的另一篇小小说《认认门》（《小小说月刊》1997年第3期）中的那些市场管理部门的大横、二黑、小秃之类的小吏，当人家忍让客气时，他们“吃肉不给钱”，直吃得人家杀猪卖肉、辛辛苦苦劳作一个月的肉店竟然亏了本；而当人家把“手中的刀晃了晃”时，他们便再也不敢胡来了。是“客气”错了，威吓有理呢，还是这吏性恶劣呢？

无论民性、吏性，都是人性。这两个作品提出了一个同样的问题：人性怎么了？

人性的善恶关系到社会的治乱，决定着政治原则的确立与选择。所以，人性问题既是一个由来久远的哲学命题，也是个政治、社会话题。上至政要哲人，下至黎民百姓，都在对其进行思考。早在两千多年前，哲人们就在探讨这个问题。荀子说人性恶，孟子则认为人性善，二人各执一端。世硕则比较辩证，认为人性有善也有恶。无论言善、言恶，或善恶兼之，都是针对人的自然属性而言的。先哲们也早就看到了人的社会属性的一面。持性恶论者认为，人之所以为人，就在于人有思想，有道德观念，能够理性地克制恶性，修炼善性，达到与社会和谐相容的境界。性善论者也主张修身养性，保持善性，抵制邪恶，良知良能，促成社会大同。其实，他们殊途同归。他们都赞赏人性的善良，推崇良心道德，只是在如何向善的问题上有分歧，有的主张内力修炼，有的强调外力强制。内力修养的好坏，便使人有君子与小人、好人与坏人、高尚与卑贱之分；外力强制效果的好坏，便使社会有治乱之别。

人性的善美是建立人类社会和谐的基础，而社会的和谐是人类文明所需的生存环境。如果人类任凭慵懒发展，物欲横流，不顾社会，不管他人，丧失理智良知，唯利是图，就会影响群体的和谐、社会的安定，造成文明的沦丧，甚至文明的毁灭。所以，哲人们一方面提倡通过教化来培养人良好的社会属性，另一方面主张用法治来对人恶劣的自然属性加以约束与规范，以此来维护社会的和谐与稳定、进步与发展。古今中外，概莫能外。

遗憾的是人类演进至今，人性美善的层次越来越高，而人性恶劣的本性也依然存在。哲学家常常用深刻的道理告诫人们，文学家则往往以生动的形象启示人们。《骂人婆》中那始终未出场的某些人，修养不力，懒惰成性，漠视公德，一犯再犯。而《认认门》中的大横、二黑他们则利用职权，无视法纪法规，强取勒索，胡作非为，恶劣难容！这些人不听教化，不守规矩，倒是怕恶怕狠，正如俗语所说的“恶狗怕粗棍”，这不是人性的退化、人性的动物化，又是什么呢？这是人性的悲哀！是值得我们每一个人深思、值得整个社会关注的人的素质问题。周国芳的这两篇小小说就是提出了如何提高人的素质（包括吏和民）这样一个重要问题。他不是告诉我们“骂人婆”“晃刀子”真顶用，他只是告诉人们有这么低劣可恶的人性存在，并把这可恶的人性幽默地嘲弄了一番，引导人们直面这可怕的人性，思考这人性与社会、人性与自己这些严肃的问题，思考如何惩恶扬善，完善自我，美化社会。有人说得好：加强道德教育、素质教育以截其源，防患于未然；重视刑法惩戒是做堤坝，断其流，以绝后患。看来，小小说若能注意对人性问题的思考，同样也能起到同巨幅长篇那样的警示世人的功用。

微型小说尽管篇幅极为有限，但同样可以玩深沉于掌心，将简练的笔触伸向这种哲思的深处，做一种速进快出、点到为止的独特探究，同样可以启人心智。

深厚的审美意蕴

——于心亮的《贞节坊》赏析

微型小说因其小而应特别讲究深刻的审美意蕴，因为只有这样才能充分发挥微型小说的文体优势，让人们在极短的时间内获得尽可能多的艺术享受。近年来的一些成功之作，如司玉笙的《“书法家”》、白小易的《客厅里的爆炸》、刘国芳的《诱惑》等，或以微见著，或深含哲理，或新奇隽永，在三言两语、举手投足之间，便将一个个鲜活的形象、一幅幅定格的画面、一次次心灵的震撼长留于读者的心头脑际，味之不尽，使作品获得永恒的艺术生命。

当然，要写出具有深刻审美意蕴的作品并非易事，除了必须借助一定的文学修养、艺术技巧之外，还得依赖作者对生活的高度敏感和深刻的思想感悟。于心亮的《贞节坊》（《小小说月刊》1997年第1期）的成功，证明了微型小说创作的这条规律。《贞节坊》的故事促人深思：当日本鬼子要羞辱冯寡妇时，冯癞子挺身而出，用说假话、断手指的反常行为和英雄壮举来救冯寡妇的生命；可是众人反而加害冯癞子，冯寡妇反而为自己失去了所谓的“清白”而悲痛欲绝。这是多么令人惊心动魄而又叫人难以接受、难以理解的一幕！那劫难余生的寡妇何以对那残断的牌坊那么伤心？全庄人何以面对同胞受外人欺凌可以保持“静默”，却对贞节坊的崩塌如此愤怒？

贞节牌坊是为那些贞妇而立的。所谓贞妇，就是指那些“嫁鸡随鸡，嫁狗随狗”“从一而终”的女性。早在两千多年前的《恒卦·象传》中就有“妇人贞洁，从一而终也”的说法，规定女性只能从属于一个男性。而《女诫》说得更明白：“夫有再娶之义，妻无二适之文。”说明贞洁是针对女性而言的。尤其是宋明时期，理学家们更是将此种不合理的戒规推向极致，提出“饿死事小，失节事大”的言论，加上政权、族权的推波助澜，用奖惩等手段，软硬兼施，强迫女性守节，到处立贞节牌坊，表彰“从一而终”者；或沉潭，或鞭打，以惩戒不守节者。于是，“从一而终”成了全社会认同的信条，“夫死不嫁”成为女性的极则，贞节坊成了荣誉的象征，迄今在安徽歙县还保存着的全国最完整的贞节牌坊群就是很好的证明。实际上，这些牌坊是被扭曲的女性人格的物化。这些高高耸立的牌坊，不知记录了多少悲苦的故事，吞噬了多少女性的美好年华！“从一而终”，是以女性一生的幸福为代价的，而“守节死义”则更是以女性的宝贵生命为代价的。然而千百年来，人们却不以为苦，反以为荣，甚至把它视为至高无上的荣誉，自觉或不自觉地维护着这样一种残酷而又不合理的现实。《贞节坊》中冯家庄的人们就是如此。当日本鬼子肆无忌惮地用钢刀和淫笑来羞辱、欺凌自己的同胞，面对如此有辱人格、国格的举动，冯家庄的人们却保持“静默”，吓得“汗不敢出”，而冯瘸子“丢卒保车”的举动却激怒了他们，竟然对他大打出手！《贞节坊》深刻的审美意蕴也就在这里：贞节坊不仅扭曲了女性的人性，也扭曲了所有人的人性；贞洁坊不仅象征着女性的悲哀，也象征着民族的悲哀！而且，这种悲哀和不幸还在延续（同期刊发的吴德椿的《凤阳花鼓》就表现了当代“贞节坊”的悲哀）。正因为如此，于心亮才反思这贞节坊，写下这《贞节坊》，让人们于“冯瘸子”的断指、断腿中，于那断塌的贞节坊中，于外族侵略者那刺耳刺心的“狂笑”中，去感悟作者所感悟到的那深刻的内涵。

《贞节坊》以一个特定的生活画面，展示出一个阔远的艺术空间，启发人们像审视贞节坊一样去审视历史留给我们的文化积淀，思考这种文化积淀对我们现实生活所产生的心理影响，显示出深厚的审美意蕴。

人性悲剧的震撼

——徐社文的《母亲》及其他

徐社文的《母亲》（《小小说月刊》1996年第10期）之所以能引起强烈的反响，慑服人心的就是它所展示的人性悲剧的巨大震撼力。这种力量来自对一种深沉伟大的母爱的描述——八旬高龄的老母亲，始终没能忘却四十多年前被抓去做壮丁的儿子，把“泪都哭完了，心都哭木了”，还“一双浑浊的老眼盯着一老一小两只麻雀出神，一丝涎水从口角留下”；当她意外地得到儿子来信，知道儿子还活着时，惊喜之余，幻想着儿子能够风光体面地回来；当她知道儿子并不富有时，她那份深藏了四十多年的母爱勃然萌发，竟然想亲自扶持儿子一把，全然忘却自己已是八旬老人，居然真的推起那沉重的石磨，颠颤着一双小脚，往返于县城村落之间，卖起香干臭干来为儿子攒钱；对儿子的万般疼爱化成了“小石磨吱吱呀呀”，化成了“磨嘴吐着浓浓豆汁”；对儿子的焦心企盼变成了命儿子推迟归期，以待她为儿子积攒足够的钱。这种爱，正是人们感受得最多最真，而又未能理性思考和深切品味的。一经作者聚焦再现，便能使读者产生强烈的共鸣。这种震撼力更来自这种母爱的屈俗和愚拙。真诚崇高的母爱中融进了浓厚的世俗色彩，为了儿子的出人头地，八十岁的高堂老母在风烛残年为儿子攒钱，使得儿子承受不了，只好以自杀来解脱母亲的苦难；而母亲也因儿子的死而幡然悔悟，颓然崩摧！由大喜到大悲，给人以巨大的震撼。使人联想到生活中所面临的种种世俗的母爱——望子成龙的执着、揠苗助长的无奈、虚荣心的驱使等等，人们也同样承受了种种母爱带来的沉重压力。所以，人们欣赏《母亲》给这种世俗的母爱带来的巨大的冲击力。作品切合人心和人情世事，立意深远，涵蕴厚实。

吴金良的《客厅里的醉话》（《小小说月刊》1996 年第 10 期）表现的是爱情婚姻主题，这是青年男女最关注、最敏感的主题。而且作者把这个主题放在爱情、婚姻受到权钱制约和道德遭到亵渎的社会背景下，借一个醉酒男人的醉话（自白），揭示出现代爱情、婚姻中错位的深层原因，从而使那些即将涉入情场和步入社会的年轻人对爱情问题不能不深思而警醒。作品时空单一，情节单一，意蕴却非常深厚。

生晓晴的《夜深了，不该回家》（《小小说月刊》1996 年第 10 期）中，对社会、对人生的思考也是非常深刻的。作品写了两对夫妻间的互相猜疑，重点写建平与小莲一对，既有特殊性，也有代表性。作品显示出引起他们互相猜疑的原因有三：一是社会缺少安全感，尤其是人与人之间的冷漠与不信任，使人由此联想到许多家庭的不幸，同事之间的戒备、冷淡等种种酸楚之事。二是物质富足而精神空虚，庸俗卑下的消费、享乐心理导致“婚外情”的出现，使得夫妻互不信任、家庭婚变。三是婚姻的依附性带来的“惧内”与“惧外”的悲哀等等。作品深刻而又形象地揭示了导致夫妻间互相猜疑的社会原因，使人们认识到夫妻关系不仅是家庭问题，而且是一个复杂的社会问题，在司空见惯的现象中蕴含着深刻的主题。

序言跋语

《霜叶集》序

二姑父皮道生将平生所作诗词联语整理成集，我出资助其出版，并为其编辑审读，建议集名为“霜叶”，取杜牧诗“霜叶红于二月花”之意。且遵嘱为之作序。

诗，是心志的放歌，是灵魂的翔舞。

诗，是燃烧激情的火炬，是高扬真理的旗帜。

只有慧眼灵心的人，才有诗心诗意。

只有热情盈怀的人，才有诗语诗兴。

本诗集，便是一位富于才情的人的浅斟低唱，一位贤能达识者的才智展露。在仕途上，他早露锋芒；在诗文中，他却是大器晚成。他聪颖灵慧，却出身贫寒。少年丧父，生活偃蹇，无缘学业；中年丧妻，独力抚养一群稚儿幼女，历尽艰辛，难得闲暇；直至花甲之年，方再觅知音，续弦琴瑟；退休而后求学，得以重拾旧梦，潜心笔耕。

这本小小的诗集里，浓缩了作者上下几十年的人生感悟和儿女情长，体悟入微，真切感人；收藏着他纵横数万里的识见深思，军国大事、历史典故，尽在笔底。虽非字字珠玑，却也时有妙语怡人。

他眷恋“日暮江天，吊楼舟楫，灯光如练”的故里，情系那“绿水平铺，渔舟鼓浪，风抛柳絮，薄暮蛙声”的洞庭晚景；在“芳菲落尽水流迟，梅雨如烟柳似丝”的清明时节凭吊荆妻，哀惋“骨肉已成生死别，天涯何处共春秋”……

诗篇中，他曾慷慨回首“百年中国”，放眼“西藏风云”，关注“中国命运的决战”……

词作中，他曾经“开封问塔”，“环游澳门”，“拜谒潮州韩公祠”……

联语中，他题赠江山，哀挽亲友……

他寻梦四海，魂牵古今，情深意重！

作为读者，捧着这诗集，犹如随作者作远足踏访，处处物境，如在目前；好似回到往日与作者的围炉长谈，声声慨叹，沁人肺腑！

捧着这诗集，我感觉热辣辣、沉甸甸。这是一部人生教科书，是一个钟情生活、热爱生活的老人的一颗滚烫的心。诗集中，引经据典，锦心绣口，探究人生，追问历史，思考社会，真知灼见，令人掩卷遐思！

诗集中，字字心血，句句真情，音韵平仄，推敲琢磨，虽非“语不惊人死不休”，却也是“吟妥一个字，捻断数根须”！

作为晚辈，我自幼深受姑父关爱，从求学、成家，到谋生、创业，人生的每一步，无不牵动着他老人家关注的目光，感受着他老人家深情的慈爱。对此，我一直感念在心，无以为报。

当他老人家多年心血集腋成裘之时，特为之细心编录，辑集成书，并遵嘱作序，借以承传，聊以寄怀。

2003 年 1 月于湛江

其人，其诗

——序郑科授《爱你一万年》

他从疙疙瘩瘩的红土地上趺趺撞撞地走出来。他是带着满身的泥泞与伤痕，带着父辈的泪迹与血迹，带着他年轻的梦想与渴望，走进大学校园，走进一个绚丽多姿的文学天地，开始他的文学创作的。

他没有敞亮歌喉对着世界引吭高歌“我家住在黄土高坡”，唱那东西南北风，唱出年轻人的潇洒与豪迈；他也没有迷蒙双眼，寻寻觅觅，在“生命幻想曲”的酸楚怅惘中玩味诗人、文人的朦胧与深沉。

也许是他还没有先辈诗人的功底，显不出刚健慷慨的诗风；也许是他还缺少将思辨与美善结合起来构建现代诗美内蕴的能耐，因而还说不上有令人震撼的创新。然而，他却“以我手写我心”，以一种璞玉未琢的纯真与朴实，赢得了许多年轻读者的心。他将自己的诗行、自己的名字与雷州半岛上的红土地胶着在一起，使这片土地上的人感到特别真、特别亲。

翻开他像大海一样蔚蓝封面的诗集，扑面升腾的便是他对红土地的那份执着热烈的情。用他二十岁的生命历程所感受到的那份真切的忧患，写出了本不该属于他这个年龄的沉重："蒲草编织一席荒凉/覆盖雷州红土地困睡千年的噩梦！"并深深地体认："我梦牵魂绕的红土地/您焊接了雷州一代又一代人的/自尊与自强……/庄严的寸金桥/负载着历史的沉重。"

他将自己的根深深地植入这多情红土地："在雷歌芳菲的红土地上/我本是一丛长满歌声的山稔！"唱出对乡土的忧伤与眷恋。无论《雷州之春》中那"痛过哭过"的"南渡河"，那"被落后尘封的红土地"，还是《黄昏》中那小溪与山稔花，都摇晃着他心中的"颤栗"！

他还唱出了他对亲情的感念，而且那样地震撼人！情感寄托的意象又是那样真朴、鲜活，让人耳目一新。他说"母亲给我太阳的温度"，而他是"读着父亲满脸的沧桑"长大，以至于"我的诗歌/已被您发光的父爱粘住"。怀念外婆时，"我已站成漫山遍野的相思树！"

母亲为了他饥饿的哭喊曾有过战栗的谎言，父亲为了让他上学曾撞得头破血流……故土与生活给了他太多的沉重，以至于使得一个才二十来岁的小伙子，一个本应是花季雨季的梦幻般的年轻人，早早地承担起生活的忧伤，思考着那沉重的人生，因而在他的诗篇中显示出一种人生的忧患和青春的豪迈。"一道道冬天眼光，凝固我成冰"，"岁月把我置于磨子，碾碎"，"但我发誓/既然曾在母亲手中站过/面对逆境/永远不能跪着"！

他在母亲的叮咛中开始漫漫长途的跋涉，"总渴望长出飞翔的翅翼”，坚信“二十岁是男人初升的太阳/二十岁的男人该用二十岁的美丽和伟岸/激壮行色/负起时代赋予的重任/辉煌一生的卷首”。这不是虚空的口号、肤浅的宣泄，而是对生活、对命运的挑战与抗争，是对故乡、对社会的一种责任感和使命感的觉醒。

当然，郑科授的诗一如他刚起步的人生，一样的稚嫩，一样的鲜活。稚嫩则还需摔打磨炼，鲜活则会生机旺盛，前程无量!

2001 年 7 月

序《红树林》

这是一片刚刚绽开嫩叶的红树林，红得稚嫩，但红得鲜亮。

不知细叶谁裁出?

二月春风似剪刀。

花季里情愫孕育，雨季里意绪涌动。一群刚踏入大学校园的莘莘学子，于烟雨迷蒙处，看“兰舟催发”，于是便相约种下这一棵棵红树苗。

流连树下，你会“心有灵犀”；驻足观赏，你能“抚摸光芒”；若细心品味，你也会一同“感受千年”!

这红树林中有“鹰”，有“雁”，有“溪流”……

这种树的人啊，有“惘”，有“梦”，有“陌生”。

他们恋“旧”，他们想“回家”，也想“远走”……

这是一群刚出家门的大孩子的“胡思乱想”，却能给你惊喜，给你欣慰，给你真诚。

有半岛上肥沃的红土地，有南亚热带充足的阳光，有湛师人高德博识的雨露滋润，我们有充分的理由相信，这片小小的红树苗，将会携手并肩，长成森森的一片红树林！

2001 年 5 月 10 日

序《六弦琴》

东风日暖听弹弦，一弦一柱说华年。

此处虽非蓝田日暖，却也有良玉生烟。

一群刚刚走进大学校园的“天之骄子”，弹拨起了他们美妙的“六弦琴”。无论“巍巍兮若泰山”，还是“洋洋兮若江河”，琴声响起，很快有知音相伴，有良友相依。

琴声伴随他们“听海”，伴随他们“神游”……

他们带着心爱的“六弦琴”，真真地感受“春”的“温馨”，细细地体验“夏之韵”，为赋新词作“秋思”，还在那飘逸的冬季里潇洒地“咏梅”。

他们常在“今晚没有月亮”时，弹拨琴弦，看“窗外”“三月的天空”，看见“天有一抹微云”，便痴痴地期盼“何时才会月明”。

他们也会在“心殇”时，走进大山，寻找“山魂”，品尝

“布谷草的味道”，采撷一朵永不“凋谢的玫瑰”……

琴声如梦，“似水流年”！

尽管他们现在过的是“平凡生活”，琴声也并非“空灵之音”，但“生活”会告诉他们如何去巧妙地弹拨这琴弦。只要有琴声相伴，他们的生活会更美好。

琴声是美妙的，而且越弹越美妙！

2002 年 6 月 8 日

序《心路》

这是一组心灵的歌！

心灵里流淌着的“故乡的河”，那是一幅永不褪色的画：河水温柔，潺潺如梦；霞光明灭，迷蒙如幻；还有小小竹筏河中游，细沙滩上的嬉戏追逐……

心灵里伸展着的走过的“路”，那是一道“永恒的风景”：路边有“树叶喧哗”，光影婆娑；有辛劳的汗水，有酸涩的泪眼，有木然而又漠然的面容……

心路上还有“踏步晨光”的惬意，有回眸来路的“忏悔”，有面对“哭墙”的茫然……

心路崎岖，气象万千！然而，最令人欣喜的是，我们还看到了心的坦然与真诚，尽管来路曲折，但仍毅然决然，沉稳地往前走；我们还看到了心海中有高扬的风“帆”，尽管远航的人儿敏感而莫名地感受着孤独与寂寞，仍然奋勇地迎着风浪驶向远方！

这是一种天籁！

天籁不矫情，天籁无雕饰。因而文中满怀纯真，洋溢童趣；也充满疑惑与迷惘。天籁是原始的，是自然的，因而难免粗略，难免稚嫩，甚至词不达意，浑然无序。但作者们毕竟敢作“雀鸣凤啼”，有雏鸟啁啾，自然会有“一鸣惊人”的时候。

我们满怀期盼。

序《太阳谷》

旭日东升，烈日中天，冬也辉煌，夏也辉煌！

太阳以她真诚的轨迹，恪守自己的信念！

我们的《太阳谷》也是如此！看我们一拨又一拨的《太阳谷》人捧着这火热的“太阳”，一程又一程，从黎明前的酝酿，到清晨的放飞，到送上中天，捧出煌煌烈日。我们在坚守中创造，在创造中辉煌！我们和太阳一同腾跃，一道行走。走过冬，走过夏！

朝辉迎旭日，晚霞接夕阳。秋也清新，春也清新！太阳每天都以她崭新的姿态带给人们新的希望。

我们的《太阳谷》也是如此！我们一期又一期的《太阳谷》一如这清晨的太阳，带来我们新学友的新期盼，带来我们老学友的新创作，还有我们新编辑们的新设计。文也精美，图也精美！

我们期待，这一轮新“太阳”给您今天一个好心情!

我们承诺，我们的每一轮新“太阳”都会给您每天一个好心情!

2006 年 6 月

寄语《清舒》

如“莹莹”“绿茶”，清心舒畅；如“映映”“冰雪”，清爽舒展。这是我捧起《清舒集》的第一感觉。

“轻绳飞扬”，让人神清意舒；“千千紫叶”，也令人心舒目清。这是我阅读《清舒集》的第一感受。

我欣喜地看到一群“不一样的你我”，穿越“时光隧道”，走过花季、雨季，走过迷茫的“大一”，来到了诗意的“20岁”，来到了清醒圆梦的“大二”。有如一缕清泉，一路放歌，腾越向前；又如“奔放的夏季”，开始争奇斗艳。

我很欣慰！你们懂得了要“厚德载物”，懂得了要“博雅信勇”，也懂得了要“感恩生活”，“记住你的好”!

我还发现——当你们“守候寂寞”时，却惊喜地发现“玫瑰花开了”；“为了一个约会”，你们也曾有“飘荡的思绪”，有“浅色忧伤”；你们正收拾着“点点滴滴，零零散散”的“心情碎片”，却又决意在人生路上“潇洒走一回”；你们吟唱着“花之歌”，倾听着“花之细语”，寻找着“永恒的天使”，一路陪伴你们勇敢前行！

如此快意心语，怎能不让人羡慕，让人感动！

梦正长，路正长！

《清舒集》的作者、编辑者们，05级中文系本科3班的同学们，愿你们一路走好！

2006年10月

序《文逸集》

“文逸集”，好刊名！

刚学会文，便也开始“逸”！

逸者，乐也！舞文弄墨，乐在其中！

确也如此！

看一看这里的“心海浮影”，你便能探知，这里的“生命有爱”，而且还有“香韵恋曲”！这里有“星星之火”，定能熊熊燃烧，成燎原之势！因为，从现在起，他们就已经明白一个道理，也坚信这个道理：有“蛙声伴我成长”，“用心，便能走出一路的新”！

观如此心影，你能不乐？

闻一闻，这里有“翰墨飘香”，他们用刚刚拿起的稚嫩的文笔，捕捉那“橘红色的太阳”的美妙，描画那“烟雨朦胧”的奇幻；他们留恋那“一条小河”，也关注那“车厢一角”；他们羞涩地告诉我们，“一块未经雕琢的璞玉”也知道“该珍惜什么”！

他们珍惜情：最念亲人恩情。每个关怀的瞬间都留存在他们心底，“沉寂的爱”常使他们“眼泪成诗”！尤其一声“我的父亲”，直叫人感念深深！

他们珍惜爱：也曾走过“灰玫瑰的神殿”，也曾闻过“玫瑰的香味”，那朦胧圣洁的爱呵，让你如何不心动！

虽然他们刚走过花季雨季，却也有了生命沧桑，也感慨“似水流年”！他们有“芒果的回忆”，他们喜欢“芭蕉雨”“英雄树”，喜欢“飞翔与篮球”，也喜欢“韭菜与韭黄”……

当然，他们更流连于“今夜的月光”！

“千千物语”，脉脉诗情！

“夜雨蛙声”，声声是歌；“树在摇摆，绿在召唤”，处处是画意盈盈！

“春天的蒲公英”啊，正在“炫出生命的色彩”、青春的倩影！

值得珍藏的《文逸集》，也值得你我好好品尝！

2007 年 7 月

《细墨流香》卷首语

他们是一群阳光男孩、阳光女孩、“阳光学子”！

阳光下，他们曾走过“豆腐花飘香的童年”，曾在炎炎夏日里追梦，也曾体悟“秋韵无声”！

行进中，他们已经明白“父爱总是那么沉重”，也读懂了“母亲的眼睛”，还曾真真地感受过“玫瑰之痛”！

雁过留影，人过留声。在他们感叹“往事如风”时，伫立“风”中，回首“成长的足迹”，情爱如歌，意绪是诗，花花草草皆成文，于是便有了“细墨流香”！

品味生活就是品尝一杯鸡尾酒，酸甜辛辣千般味，写作的人儿便是那能干的调酒师！

人生本是一次久远的旅行，沿途有很多很美的风景，写作时便是你走进心灵的驿站之时！

他们曾在“考前”迷惘，在考后期待，如今正在悠闲地看“这树，这花，这风景”！

他们曾陪伴“老牛”和“犁”，陪伴“风与琴”，如今他们坚信“生活没有错”！

于是他们细语窃窃，诉说着“乖孩子的苦恼”；

于是他们挥毫泼墨，描绘这“四季剪影”。

这里流淌着他们“心底的爱”，流动着他们追慕的“烟霞”！

这里“花魂”留暗香，“绿”“茶”盈清香，翰墨飘香！

愿“细墨流香”，清香四溢！

愿“细墨流香”，悠长绵远！

2007 年 11 月 13 日

后　记

散文是人类真我的袒露，是人类自在生命的精神家园。

散文的这种真情真性是很神圣的。

教了一辈子的文体学、写作学、散文研究。喜欢读散文，读写散文的人，写些研究散文的小文章。却不敢写散文，写了也不敢示人。

我始终认为散文的这种神圣，是不可随意亵渎的！

还有，读多了，想多了，就容易产生眼高手低的恐惧！

十年前开始开设全校性的选修课，讲台下总是黑压压一片。课堂上和学生畅谈创作体会，交流阅读感受，学生们争先恐后！课堂外，我们的教学网站"华文写作在线"的"散文栏目"里更是热闹非凡——原创作品、精品赏析、理论探讨……各类有关散文创作、审美、研究的文章雪片般飞来……

于是，我决定编一本感动大学生的散文的书，结果，稿件也是雪片般飞来。我被同学们对散文的真诚深深感动了。他们对国事、民生的真诚忧患，对人性、人生的深切关注，对亲情、爱情的真挚体悟，对理想、真理的执着追求……

学生感动于散文家们的散文，而我则感动于学生的"感动"。

之后，自己也陆陆续续写了一些。

常常是乘兴而写，兴尽而藏。

终于，在张德明教授的一再催促下，把这些零零散散的东西整理成册。

另外，集中还有一些散文之外的习作，比如自以为诗、自从为词的东西。词是努力按律填的；诗则不是格律诗，有拼凑之嫌。特此说明。

虽然时间拖得有点长，但总在出书与不出书之间纠结。

所以，还是匆忙。

还是诚惶诚恐！

多谢促成此书出版的各位朋友！

至于读者，我只好说：抱歉！

祝德纯记于明苑山庄

2015 年 3 月 18 日